跟这个世界说悄悄话

安如之 著

文化发展出版社
Cultural Development Press

如果你的内心还有一团闪闪发光的东西，希望你能重新拾起那份最初的梦想。

目录

CONTENTS

Part 1 生活没你想象的那么复杂

Part 7 不抱怨，只为遇见更好的未来 245

PART 1

生活没你想象的那么复杂

生活没你想象的那么复杂

打开微博看到一位读者留的私信：

“很想在朋友圈发心情，有时候打着打着又一字一字地删除。”

看罢，心里五味杂陈。

我知道，有的人比较敏感，大都比较在乎别人对 TA 的看法，所以发个朋友圈也开始变得小心翼翼的；

有的人随着微信好友的增多，开始会顾虑随心发朋友圈会不会让人觉得自己是个不靠谱的人；

有的人则是为了在别人心目中树立起自己想要的形象，发个朋友圈也都刻意为之；

有的人发个朋友圈就想讨好全世界的人，要是 TA 发的状态没被评论点赞，整晚整晚就不用睡觉了……

其实这些也都没什么，每个人多多少少都会有过类似或重或轻的体会。人性使然嘛。但这并不是我们不发朋友圈的理由，我一直都觉得初高中陪伴我的 QQ 空间和之后的微信朋友圈是两项伟大且便捷的发明。我们不应该把生活的一些不如意归咎于科学技术的发展，就像为什么别人能用网络学习甚至创造，而给你的只有焦虑呢。

说到底还是你对待新事物的态度问题。

因为每当我偶尔翻看以前有些幼稚、充满青春气息的空间状态和一个个载满我过去回忆的 QQ 相册，我都会傻呵呵乐上好一段时间，尽管那些岁月留下的痕迹不全是快乐和阳光。

而现在的朋友圈又何尝不是呢？干吗非要去想那么复杂呢？它就是我用来记录生活、记录青春年华的新版 QQ 空间啊。

你不可能也不需要讨好所有的人。

你也不需要也不可能变成一个人人都喜欢的人。

不管是以前我们发 QQ 说说还是现在发朋友圈，也不管是古人的吟诗作赋还是现在我们可以随处在网络发表自己的观点或者文章，只要你不犯法，那便随心做自己，这就很好。

你要吸引的是那些和你气场、三观都基本一致的人，那才有可能成为朋友；而不是总想着和所有的人都成为好朋友，那根本就不可能。

有些人眼里的“优秀风云人物”再怎么优秀，也会有人讨厌；再不被他人放在眼里的卑微小人物，也总会有人欣赏。

最近有篇科学文章里是这么说的：

“一个人平均一生最多能拥有 5 个挚友。”

因为人的精力时间都是有限的。

我们一生中遇到的绝大多数人，其实都是普通朋友或者只能算是熟人罢了。

所以，你发朋友圈也好，写文章也罢，不必考虑太多，随心去记录自己所思所想便好。

几年甚至几十年后你再回来看那点点痕迹，虽然你可能会觉得很搞笑、幼稚，甚至不再认同那时候的自己，你也依然会报以“会心一笑”。

因为那就是年华，那就是自己的人生轨迹啊。

今天我去参加了初中同学的毕业典礼，回来后开心地分享了几张图片到朋友圈。

没和我互动过的微信好友依旧沉默着；平时聊得比较多的朋友不是点赞就是吐槽，不是感慨就是各种有的没的说一大通；也有多年未见的同学朋友，默默地点个赞，然后找我私聊叙旧拉家常或者邀请我 × 月 × 号去参加 TA 的毕业典礼……

就是这样，朋友圈发了就是发了，之后它就变成冷冰冰的数字代码，但那却是你的人生记录，一点也不冰冷。它和现在考古学家们费尽心思去挖掘探索古人的生活痕迹同样珍贵。

不可能和你成为朋友的继续做着你人生中的普通过客；你的好朋友继续会是你的好朋友，你们借朋友圈又一次沟通增进了感情，或者谈妥了下次一起做一件好玩有趣的事；还有一些本和你不熟或者好多年未联系的人又重新走进了你生活，你们可能会慢慢变成好朋友，也可能依然只是熟人……总之，别太把朋友圈和其他一切社交工具当一回事。

朋友圈不就是用来记录生活的吗？你觉得方便，用它便是了；你觉得没必要，弃之即可。记录生活的工具又不止朋友圈一个，选择你喜欢的或者默默记在心里皆可。总之，你喜欢便好。

再说了，如果你不想让某部分人看到你的朋友圈，屏蔽便是；如果你不想某些朋友圈被某部分人看到，分组便是；如果有人用它来营销卖货你看不惯，那你就拉黑啊。

这些都没什么，人之常情罢了。我也这么干过，你别说你没有。

做人要痛快一点，发朋友圈也是。

任何工作都有其价值

一位读者在微博（@安如之同学）给我留言：

小安，我最近真的很难过。我男朋友，家里是福建泉州一个农村的，现在在北京一个著名摄影师的工作室做助理，我自己是一个普通公务员，我爸是公务员，我妈是国企的，人员介绍就是这样。

我爸妈极力反对我和我男朋友，原因是我男朋友的家庭他们不了解，工作他们不喜欢，不是他们所要求的公务员或者事业单位的稳定工作，哪怕我男朋友过来我们的城市也不行。

为什么我的婚姻不可以让我自己决定呢？他们甚至用断绝关系威胁我。我这几天真的很难过，一边是爸妈，一边是男朋友，我们之间经历了很多才确定在一起的，也很不容易，不想轻易放弃，我到底应该怎么办呢？

看到这条留言时，我内心突然被扎了一下——

原来，现代社会还有这样的父母啊，何况其父母还是国家公职人员。真想说一句，“这都什么年代了，大清早亡了”。

只是认为女儿的男朋友是摄影师助理的工作，不是他们期望的公务员或者事业单位的稳定工作就不喜欢，甚至没有了解就直接否定了他们女儿的感情。这样的父母也是真的让人无话可说，可这样的父母却不在少数。

× × × × × × × × ×

今年回老家过年，在和各种亲戚的接触中，他们谈论起各家儿女的嫁娶之事时，总免不了有各种比较。

我有一堂姐嫁了个在工厂里做技术人员的，在这几年春节或其他节假日里，当我们一大家子坐下来聊天时，我三娘三伯总感觉自己脸上无光。

有一次我去三伯家想找堂弟谈点事，无意间听见三娘在向我三伯抱怨：“你看看别人家的女儿哪像我们女儿这样，还整天为房贷担心？我们女儿差在哪里了？就是蠢，当初不管怎么劝就是要嫁给他。”

听着三娘的抱怨，我能理解她的心情，但她似乎没看到我堂姐结婚生女的这几年里，其实一直都过得很开心，这是我们同一辈人都能感觉出来的。我不是说你非要嫁个工厂技术人员，我是想说，世界上任何一个职业都有其价值，从事于此的人都有生活得幸福的可能。

每次节假日听到长辈操着一口满是羡慕的语气说某某某嫁了

个公务员、做生意的，某某某考上了公务员、娶了个当老师的诸如此类的话时，我都在一旁默不作声。现在还是有很多人觉得只有嫁（娶）做公务员的、做生意的才能过上所谓的“好日子”。而对其他任何一个新兴职业都抱以嗤之以鼻的态度。他们不愿意去了解其他职业，也似乎懒得去了解。他们都活在一个由自己构建的世界里，不愿承认其实其他职业能赚更多的钱，甚至更能体现自己人生的价值。而且这一种意识形态（观念）的影响是深入骨髓的。你只要看看每年“国考”“省考”的人数就知道了。

前几天和几个高中朋友出去聚会，他们谈论最多的话题便是——

“争取考上公务员，不能立刻转正也行。”

“再不济，就去考银行。”

我能理解他们为什么挤破了头想进体制内——

因为稳定，因为有所谓的“保障”，因为轻松，还因为“挺有面子”。

女人要么嫁做生意的有钱人，要么嫁公务员当官的；

男人要么娶当老师当公务员的，要么娶当医生当护士的。

虽然很多家庭早改变了这种观念，但有千万家庭仍以此作为儿女嫁娶之事的要求、标杆。

我从不会看不起那些喜欢追求稳定生活，而选择去考公务员等国家公职的人。因为只要不伤害别人和违反法律，每个人都有其追求个体之生活体验的至高权利。但也正因为如此，每个人同样有自行择偶的至高权利，那么任何一个人或群体，不管出于何种目的，阻止他人自行择偶，都是不道德甚至是违法的。嗯，父母也一样。

那么，如果最后你父母也这么逼你的话，该怎么办呢?

我的建议是，不要撕破脸，不要把关系弄得太僵。先好好沟通，逐步让父母真正了解和接受你另一半的职业，更要让你父母了解你另一半的人格，因为人一辈子可能会改变很多种职业，但一个人的人格，却是与其本人相伴一辈子的。最后，如果他们还不接受，你就要考虑是暂时先选择爱情还是亲情了。毕竟，要是你最后真的生活幸福，父母的心也不是铁做的吧。

真认准了那个人，就不妨再坚持那么一会会儿吧。

真认准了那个人，就不妨再坚持那么一会会儿吧。

没错，你现在就只值3000块

以后，你也许会很“值钱”。

但现在，你可能就只值 3000 块。

× × × × × × × × ×

“老子不干了，3000 块工资还不够我买游戏装备呢。”

这是今年夏天，刚毕业不久的宏淳第三次辞职了。

每次他辞职，总会找我抱怨这抱怨那。之前两次，我本着他可能刚进入社会不太习惯的缘故，都会耐心劝慰他：“别急，慢慢来，既然你觉得那份工作不适合你，那就趁着毕业季招聘会比较多，多去尝试一下。”

但这一次，当他对我说出“3000 块工资还不够我买游戏装备”时，我有点怒了，不假思索地回复他：“你现在可能还不值 3000 块呢，你要是老板，会给一个刚上班、还整天偷偷摸摸在上班时间玩游戏的新人多少钱？”

聊天气氛顿时尴尬了起来。

之后宏淳近半小时没有回复我，我以为他真生气了。但没想到之后他打了个电话给我，我们进行了认识以来最久的一次通话。他有几句话让我印象挺深刻的：“小安，我其实应该感谢你，一开始你说我可能还不值 3000 块时，我真的很生气。但之后我和女朋友吃晚饭时，她真的生气了，因为我在陪她吃饭时都在拿着手机玩游戏。其实我前两份工作本会有转正机会的，但都因为我的懈怠，最后都泡汤了。那些老员工曾很耐心地指导培训我，我都没有珍惜。第三份工作，也是因为我上班偷偷玩游戏被领导发现警告，我觉得没脸待下去才辞职的。我创造的价值，可能真的连 3000 块都不值吧。”

×××××××××

去年暑假，我曾到一个建筑公司实习，当实习期结束，拿到那一份微薄的薪水后，我一点也不觉得公司虐待了我，因为那一个月里，是公司给我创造了价值，而我几乎没有给他们创造任何价值。

那个暑假实习期间，每天工程师让我干什么我就干什么，我很多不懂的、做错的，最后都要他们给我当接盘侠。

记得有一次，工程师给我布置了个简单的任务，且三番五次指导了我到底该怎么操作。

可初次接触的我，不仅把事情搞砸了，还造成工程的延误，给他们的项目带来了不小的损失。他们虽然把我骂得狗血淋头，但却连着几天熬夜帮我一起挽回损失。

那几天里，我甚至感觉自己一文不值。

在工地实习，也经常听过类似这样的抱怨："老子辛辛苦苦读了那么多年书，收入竟然还不如农民工！"理直气壮地觉得自己比农民工要高上一等。

而我在工地实习的时候，曾亲眼看到一个农民工中暑倒在工地上。那时候，国家甚至还没规定，企业必须发放仅仅几十块钱的"高温津贴"。

大多数农民工都生存在社会的最底层，干着大多数人不愿意干的活，每日工作十多个小时，工作环境极其恶劣，工作不稳定，且他们中很多人没有五险一金等最基本的福利待遇。

甚至很多人从事的是采煤、建筑等高危行业，生命安全难以保障。

因此，如果按照付出与收入对等的原则，农民工群体本就应该获得较高的收入啊。

在美国、新加坡等一些发达国家，一线体力劳动者和脑力劳动者的工资收入差距是很小的。但在我国，绝大多数农民工的收入，都是远远低于自己的劳动付出的。

我还亲历了一次有几百个农民工参与的讨薪事件，深感他们的无奈和生存在社会最底层的那种艰辛。再说了，很多刚刚毕业走上工作岗位的大学毕业生，由于在大学学习期间荒度时日，缺乏基本的工作技能和办事能力，在一段时间内只能充当一个学习者的角色，并不能用自己所谓的"知识"去为单位创造财富。

这样看来，你的工资就一定要比农民工高吗？

千万别觉得公司一开始，给你的 3000 块底薪是对你的侮辱。

要知道，你初入企业时，其实不是你在给他们创造价值，反而是企业在给你镀金、帮你升值。所有眼高手低，没啥本事，还自我感觉良好、抱怨“怀才不遇”的毕业生，都必定会有一段很长的坎坷路要走。

“我现在只值 3000 块。”承认这一点，其实没你想的那么难。

反而，只有当你真正认清了自身价值后，你才能沉下心，不断努力使自己升值，达到你自己想要的高度。

所以，这又有什么好丢脸的呢？

你本可以做到，但却没有

人干吗非要努力啊？反正又饿不死。

很多人曾经都问过我类似这样的问题，我的回答几乎也都出奇地一致：

其实即使你不努力，在现在这个社会中也饿不死你的，你总能找到一份养家糊口的职业；但如果你从未努力奋斗过，那么在你生命即将到达终点之时，你可能会发现：原来生命中最痛苦的事情，不是失败，而是我本可以，但却没有。

××××××××××

记得我上大一那会儿，因为选了一个自己不太喜欢的专业，又面临着比高中多得多的诱惑，于是整个大一我都沉迷于游戏、泡妞和混迹于形形色色的社团中。

而且在大学期末时我“惊奇”地发现：哦！原来即使我不努力，但只要在期末临近之时拼命“刷一刷题”，是不会挂科的。这使得我在大学里更肆无忌惮，胡作非为。

但，假期和高中很要好的一些同学聚会时我却发现，自己和别人在短短的一年后就产生了巨大的差距。我说的差距，不是指物质上的，而是指一个人的生活态度。

对比我高中朋友，他们有几个当时高考比我考得要差很多，在常人眼里他们的大学是没我的好。其中一个男生迫不得已选了英语专业，据他说一年下来他几乎要被那些英文字符给逼疯了；还有另一个男生读的是3A学校。可以说我的大学起点比他们要好多了，但，他们对待大学的态度和我却是截然相反的，他们的大学生活也要比我的精彩、有意义多了。

被迫学英语的那个男生上大学后选修了自己喜欢的计算机专业，啃了一大堆相关的计算机专业书籍，大一结束后已经开发了几个很火爆的网页小游戏了，去年几个刷屏微信朋友圈的小游戏就有一款是他捣鼓出来的，而现在他已经在着手开发他为之痴迷的游戏APP了，也组建了他自己的一个小团队工作室。

而那位读3A学校的男生一开始就没打算在那所大学长久待下去，大一第一学期就自学参加了雅思考试，第二学期经过无数次申请终于得到了澳大利亚一所不错的理工科大学的offer，大二一开学他就要飞奔到国外重新读他的大一了，当时我不敢相信高中英语最差的他竟然靠自学拿到了不错的雅思成绩。

再看看我的大一，那会儿我归咎于大学专业不是我喜欢的，归咎于大学有过多的诱惑，因此得过且过，泡妞、游戏、社团活动忙得团团转，但忙过之后却总会发现自己一无所得，发现自己是为了忙而忙、毫无目标，内心也往往是空虚、不堪一击的。

我并不是个例，类似的例子在生活中太多太多了。

有的人整天在朋友圈、在微博、在QQ空间里抱怨自己的工作待遇差工作时间长要加班还没加班费所以待不下去了；抱怨自己只在半年的时间里就被炒了几次鱿鱼；也有的人在网吧打了通宵的游戏后发一条状态：唉，还没睡觉又要准备去找工作了，为什么只有我的生活过得这么累啊；更有的人自暴自弃破罐子破摔，整天不是在抱怨自己出身不好，没能生在一个好的家庭，就是在抱怨社会不公，竞争太激烈、潜规则太多。

但问题是，多少人在抱怨时，有没有去反思过自身是否稍微努力过那么一点点呢？

多少人宁愿啃着瓜子看着整集整集的连续剧、刷着大部分没营养的微博资讯、耗费整个下午刷某宝、和闺蜜逛一晚上的购物街去淘那些打了折的所谓奢侈品；还有多少男生宁愿通宵达旦地沉迷于网游，却都不愿意下那么一点点的决心去做一些改变呢？

当然，你可以不努力，你可以不去试着改变，你也可以不试着让自己变得更好一点，因为说实在的在如今这个社会也很难饿死你，你总还能找到一份工作把自己的肚子给填饱了。

但你有没有想过，目前的生活状态是不是你内心真的想要的？你有没有想过你本可以让自己的生活过得更精彩更有意义一些？你本可以有能力有条件去做更多自己喜欢做的事情？你本可以给他人给社会留下更大的价值……但却因为当初你没能稍微努力那么一点点，最后也只能变成“本可以”罢了。

就像当初我的专业选的不是自己喜欢的，我本可以努力试着去换专业或者像我那位被迫学英语的男同学一样，找一个自己喜欢的领域自学钻研下去，但我却选择了自暴自弃；大学里诱惑多，女孩选择也多，我本可以找一个自己真正喜欢的然后开展一段刻骨铭心的爱恋，但我却总是三心二意敷衍了事只为打发时间；大学里生活学习自由，我本可以努力去发展一些自己的兴趣爱好多看几本书，但我却几乎都把时间给了游戏，玩得不分白昼黑夜。

……

我们每个人又有谁没有或大或小的梦想呢？但如果最后在你生命即将到达终点之时，你才发现自己不仅与自己的梦想擦肩而过了，还因为自己当初得过且过、自暴自弃、敷衍了事的生活态度让自己变成一个庸俗不堪、被生活牵着鼻子走的人时，那么此时的你也许会恍然顿悟：

原来生命中最痛苦的事，不是失败，而是我本可以，但却没有。

而这大概也就是人这一生为什么要努力的缘故吧。

当然你依然可以不努力，但最后的果实也理所应当由你来品尝。

谈论梦想有什么好羞耻的

梦想总是一个永恒不变的话题。年轻气盛的时候，我们可以理直气壮不羞不臊地说出自己的梦想，而等到我们真的成长了经历了风风雨雨，反而变得羞于谈论梦想。于是大多数的我们选择认命，我们告诉自己：

你这辈子就只能这样了，放弃治疗吧。

× × × × × × × × ×

最近听到一个触动很深的故事：

一位英国留学的90后女孩开了一家猫咪咖啡馆，她的咖啡馆有大牌的歌手去拍MV，BBC拍摄电视会去取景。

她说英国是一个谁都可以谈梦想的国家，一个公司白领可以坐在马路边和流浪汉聊人生聊理想。在搬家到富人区的路上，当司机知道她是租房时问她："你希望有一天在这里买房吗？"她回答当然想。

司机很激昂地告诉她："你一定有能力做到的！"

她的咖啡馆有两个特别的员工，一个是出过专辑的歌手在做服务生，并且认为做服务生是他现阶段最想做的事情，那并不影响他其他的梦想存在。还有一个优秀的设计师，会在网上卖自己设计的饰品、小件，每周也会抽三到五天的时间来咖啡馆打工。

突然间发现在国内很多人羞于谈梦想甚至是不敢谈梦想的时候，国外是人人都在追梦，有大大小小的梦想去完成，有多重的身份去体验人生。

他们会觉得不用害怕失败，年轻的时候，就要多去闯荡、多摔跤，这样年老的时候才会有回忆、有经历和身边的人分享，证明我真真正正地在这个世界存在过。

他们时刻把"梦想"二字放在心头并贯彻于行动。

他们在完成目标的过程中，也会给自己一个刻骨铭心的理由支撑下去。

××××××××××

一位 80 后辣妈创业成功后这样分享："曾租住在湿潮低洼的地下室，晚上有老鼠从脸上爬过，我都挺过来了。我不断地给自己新的动力，在没有多少积蓄时大胆地首付买房逼迫自己还贷，我却并不满足于现状总认为那并不是自己的第一套房。当生活不再窘迫，我没有停下脚步，我想给孩子一个最好的教育环境。我心里确定了我要，就会不顾一切地去做，我会对自己和孩子狠心。"

内心的一句“我想要”很重要。

杨威曾被称为千年老二。2000年悉尼奥运会，以0.113分的差距位居第二。2003年阿纳海姆世锦赛，在最后一项自由体操比赛做结束动作时落地不稳，以0.046分之差再次失利；那一刻，24岁的杨威哭了。2004年雅典奥运会，杨威由于紧张竟然从单杠上掉了下来，再度断送了夺冠的大好机会。他并没有因为接连的失利气馁，反而对每个动作更加精益求精。

最后，他终于在2006年的世锦赛中夺冠。

……

那么你呢？你的梦想被狗吃了吗？

答案是否定的，但不得不承认我们太不勇敢了。你并非没有梦想，你想旅游，环游世界，但就是没时间。

那你要忙多久？忙到辞职退休不能动之后。那你什么时候辞职？没想过。

所以，为何你越来越羞于谈论梦想？

因为，你没有清晰长远的目标。

你可能在忙着做生意赚钱没时间享受生活关怀家人，你可能在忙着做一份稳定但不喜欢的工作。你内心并不快乐。

很多时候你急着做选择急着赚钱急着工作，却没发现上错了车，你只顾拉车都忘了看方向；当你在追求物质的时候，走在前面的人已经在追求生命的意义，结果你在成功的道路上越走越偏。

因为，你的梦想还不够远大。

你说你一个月拿2000块就满足了，那你有没有想过，今后30年50年都只想这样吗？一生只有这么点追求难免归于平庸。

你遇见怎样的人就会成为怎样的人，你在上班你主管的生活方式就是你未来的生活方式。

你要有足够大的野心，才会想方设法地去达成；你要有足够强大的内心，才能远离负能量。

因为，你总是在找借口，内心不够坚定。

举个例子，你想创业，但是你说没有钱没有人脉没有口才做不好，其实归根结底是你没有真的想好做这件事。

如果决定了，任何借口都不是事，所有问题都可以解决。没钱可以想办法筹集，没人脉就先提升自己去学习，没口才就锻炼自己从和陌生人说话开始。

当你认为这件事是正确的，就别左顾右盼东张西望等到人家都成功了，你只要做一件事——全力以赴地去做。

……

商业畅销书《从0到1》中有一段话：

“有时你不得不投入战斗。需要的时候，你不仅要战斗，还必须得赢，没有中间选择。要么和风细雨润物无声，要么暴风骤雨速战速决。”

希望你能做去影响别人的人，而不是被人影响的人！

如果你的内心还有一团闪闪发光的东西，希望你能重新拾起那份最初的梦想。

希望现在的你仍是一个不羞于谈梦想的人，并且想去实现。

为何你总感觉自己过得很糟糕？

有这么几个小故事，或许你也曾感同身受。

一个年轻人非常自卑。他从一个北方小镇考进北京的大学，上学的第一天，邻桌的女同学问他："你从哪里来？"而这个问题正是他最忌讳的，因为在他的逻辑里，出生于小城镇，就意味着没见过世面。就因为这个女同学的问话，他一个学期都不敢和女同学说话！

很长一段时间，自卑的阴影占据着他的心灵，每次照相，他都要下意识地戴上一个大墨镜，以掩饰自己的自卑。

还有一个年轻人，当年也曾为自己的肥胖而自卑。

20 年前，她在北京上大学，总是疑心同学们暗地里嘲笑她胖，她因此不敢穿裙子，不敢上体育课。大学毕业时，她差点领不到毕业证，不是因为功课，而是因为她不敢参加体育长跑测试！

老师说："只要你跑了，不管多慢，都算你及格。"

可她就是不跑，因为害怕别人看到自己肥胖的身体跑步时的样子，她甚至连向老师解释的勇气都没有。

有这么一位小女孩，她曾觉得自己不聪明，18 岁时勉强考上一所不出名的大学，没有去上，到现在也没有一个正经学历。

她觉得自己没有毅力，减肥通常不超过一周就打退堂鼓，明知抽烟不好，却总也戒不掉。

她觉得自己不擅长交际，尤其不会讲话，不善于和媒体沟通，因此总给人耍大牌的感觉。

还有一个孩子出生于一个牧师之家，自幼性情孤僻，多愁善感，纤弱的身体使他总是有一种自卑感。他曾狂热地追求过一个美丽的姑娘，但因为表达感情时太笨拙，最终没有成功，这使他更加自卑。因此，他一生都在追寻一种强有力的人生哲学，来弥补自己内心深处的自卑。

可能很多人都有过类似的经历体验，也曾经觉得自己无药可救了。

但自卑其实并不可怕，也没有你想象的那么病态。很多人从内心深处排斥自卑，无法正视自卑才是无法走出自卑的根本原因。

自卑是如何形成的呢?

自卑来自比较，比较来自共识，社会的存在导致了自卑产生的必然性。就拿我而言，小时候，由于外貌和性格受其他人喜欢，我认为自己就是应该受到别人的关注，别人应该喜欢我，我应该比别人优秀。因为身体并不算强壮，在同龄人中，我并没有得到预期的领导力与影响力。

现实与预期的差距使我产生了自卑感。而这种现实与预期的差距现在想来是迟早要发生的。我们都不是生下来就完美的，一路走来必然遭遇坎坷，遭遇困难。

现实与预期的差距性在我们出生后有意识有思想之后就一直伴随着我们。如果我们认为自己无论如何也达不到预期的目标，内心的自卑感就会汹涌而来。

这时候为了不让自己被自卑吞噬，我们通常会降低预期的质量，梦想与理想就这样一步步伴随着我们的成长萎缩了。但这样的我们并没有战胜自卑，只是在与自卑抗衡的路上越来越平庸，慢慢变成那个我们讨厌的形象。

其实自卑只是一种痛苦和焦虑的心情罢了，如果你正视它，并且始终抱着平常心，在自卑的压力下不断充实自己、超越自己，拉近你与预期的距离，自卑就会化成一种卓越。

两个年轻人正视自卑，后来他们都大获成功了。

他们是白岩松、张越，成了中央电视台著名节目主持人，经常对着全国几亿电视观众侃侃而谈。

那个一直减肥没能成功的女孩后来被称为歌坛天后，拥有无数“粉丝”，唱歌演戏都很成功，所到之处万人追捧，她是王菲。

而那个出生于牧师之家的孩子，就是后来被世人称作天才的尼采，他打破了以往哲学演变的逻辑秩序，凭自己的灵感做出独到的理解，写了许多文笔优美、寓意隽永的著作，并大胆宣称：

上帝死了！

其实，你并没有你想象的那么糟糕。只要跨出你不敢相信的一步，即使你不能像他们那么“成功”，也至少不会再妄自菲薄了。

真想做一件事，那就立马去做

如果生命真的有轮回，那么面对生命中的某些让你遗憾让你悔恨的事情，你会重新做出选择吗？

就像做一张试卷，不对的就改正，少写的就增添，写多的再删掉；或者像画一幅画，先用铅笔细细描绘，不满意就用橡皮擦掉，最后再涂上各种色彩。

那么那些让你遗憾的事情是否就不再遗憾，那些让你悔恨的事情是否也就不再悔恨了呢？

我想可能是的，但也可能不是。

也许只是重蹈覆辙。

就像有些人初中时没有努力学习，上了一个不好的高中，立志说这次一定要好好学习三年，考上一所好的大学。

可是三年真的好长，他们坚持了一段时间后还是放弃了，等到悔恨的时候已经来不及了，考的分数只够报一所专科院校，然后他们又发誓说大学阶段一定要如何努力提升自己，要考哪些哪些证书，可是大学毕业后却连最基本的英语四六级也没有考过，然后大学毕业了，又开始为工作勾画蓝图，要学哪些技能，要找什么工作，以后要努力跳槽到哪家外企。

可是工作的忙碌与压力使他们的时间更为紧迫，更没有时间去学习了，再然后他们开始结婚生子，最后碌碌无为过一生，并期待着将自己的希望寄托给下一代，希望他们可以替自己实现未完成的梦想。

就像某些人梦想成为歌唱家，成为作家，成为画家，可是因为种种原因没有坚持下来，然后将希望寄托给子女，让他们按照自己的希望去选择学校，选择专业，选择职业，却不问子女们真正的梦想是什么。

可是，他们从来没有想过，这些梦想都是他们自己的，并且只属于他们自己。

如果他们珍惜每一次可以改变、可以重新开始的机会，去坚持梦想，那么他们的梦想此生就可以实现。实现自己的梦想这件事情没有人可以替代。

曾经看过一篇文章上说，一个人如果愿意坚持七年去做一件事情，就可以成为这一行的专家。

七年，听起来似乎很长，但其实还占不到人生中的十分之一，去掉出生后的头 20 年，再去掉结束生命前的前 10 年，依旧还有几十年让你去实现梦想的时间。只要坚持七年，你的梦想就可以实现，你的人生也许就可以改写。可是真的愿意或者说能够坚持七年去做一件事情的人又有几个呢？所以说人的一生中有很多事情你都是有机会去改变、去重新来过的。

只是对有些人来说，即使给他的生命以无限轮回，他也依旧过不好一生。

一辈子说长又不长，但说短也不短，如果真的想改变的话总会有无数机会，每一个明天都可以是一个崭新的开始。可是我们总是一次又一次地放弃改变的机会，缺乏改变的勇气，害怕坚持，并盲目乐观地期待着下一次的机会，以为生命还很长，以为机会还很多，然后不知不觉人就到了垂垂老矣的时候了，然后再对着子女说："老咯老咯，我这辈子就只能这样了，我的梦想是不能实现了，现在就看你了。"

自己的梦想，请不要指望别人帮你实现，别人实现的梦想永远也不可能是你的。如果自己真的去努力了，去坚持了，到最后没有实现梦想的话，至少不会悔恨，至少我曾经用尽全力去争取过。

就像筷子兄弟在《老男孩之猛龙过江》中扮演的追梦者肖大宝和王小帅一样，为了追寻梦想，两个人砸锅卖铁远离家乡，在语言不通、人生地不熟的情况下凭着一腔热血莽莽撞撞地来到美国纽约追寻唱歌梦想。虽然最终以失败告终，但是他们努力了，而且曾经辉煌过，这些追梦经历已足够他们晚年坐在摇椅上慢慢回忆了，而且对于这些用尽全力的追梦者，谁能说他们的人生不精彩？

所以真的想做一件事，就立马去做，哪怕别人不理解，哪怕要坚持一年两年，甚至十年八年，你都一定要去做，因为有些事不做，真的会遗憾终生的。

我想对于很多人来说真正让人悔恨的不是那些做错的事情，而是那些未做的事情。做错的事，我们总可以找到方法去修改，只要自己愿意改正，就不会一错再错；可是那些未做的事情，我们却连修改的机会都没有。

《生命中不能承受之轻》中有一句话是说一次不算数，一次就是从来没有。只能活一次，就和根本没有活过一样。一次等于没有，可是一次生命总比没有要好。而好歹我们来世上走一遭，总可以在墓碑上留点什么。

一次不算数，一次就是从来没有。

只能活一次，就和根本没有活过一样。

一次等于没有，可是一次生命总比没有要好。

而好歹我们来世上走一遭，总可以在墓碑上留点什么。

真正能交心的朋友，其实没几个

在多元社交网络充斥着我们生活的年代，似乎我们都可以轻易交到成百上千的好朋友。

但根据英国人类学家 Robin Dunbar 一项最新研究数据表明，尽管人们之间存在着多重的联系，但每个人同时只能维持大概五个亲近的朋友。

一个从初中到现在、虽相隔万里但仍维持联系的朋友曾在他研究生毕业工作一年后和我电话彻夜长谈。

他煽情地说道："小安你知道吗？说实话，我其实没几个真正能说话的哥们儿，但你算一个。读书生涯遇到那么多同学，研究生期间也在社会上摸爬滚打过，工作后更是结识了不少同事，但回头看看，能敞开心扉说心里话、不必客套、不用刻意讨好的朋友就你们几个了。"

我一大老爷们儿，硬被他煽情得说不出话来。

对啊，我们的知心朋友，其实就那么几个。承认并接纳这一点，我们的幸福指数都会成倍上升吧。我们生命中大多数的过客，你们见面时会彼此客套寒暄，你们共事时会尊重和帮助彼此。但你们不会走心，不会彼此袒露心扉，更不会彼此互黑揭短还哈哈大笑。你们可能很熟，但大都也就只停留在这个层面罢了。

我微博粉丝不多，但几乎每天都能收到关于友情困惑的私信。

“刚来新单位报到几天，好不适应、心也好累，想和办公室的人都做好朋友，希望能得到他们的信任和支持，但似乎他们对我没什么兴趣。”

“安同学，我真的不知道怎么和新的大学舍友们处好关系，我们来自不同的地方，生活习惯什么的都很不同，我很想和他们都成为无话不谈的闺蜜，但大多数时候我们都聊不到一块去。”

“看到有些人整天在社交网络上晒聚会、晒和无数好朋友的亲密合照，我心里有点没底，是不是我的社交圈子太小了啊？挺羡慕他们的，那么多朋友。”

…………

人性已经决定了我们每个人都有“被需要”“被接纳”“被尊重”的生理和心理上的双重需求。我们都渴望被爱、被大众接纳认可，无人例外。

但你必须清楚，客观事实是，我们的精力永远是有限的，你不可能和所有的人都做好朋友。我们每个人的气场也不尽相同，不可能吸引所有的人。圈子不同，气场不合，就不要违背内心刻意去迎合了吧。

我身边一个所谓在别人眼中的社交达人，曾对我说：“其实我很孤独，有时候聚会狂欢回来后才猛觉自己居然找不到一个真正能掏心窝的朋友倾诉，我拼了命挤进那些你们很羡慕的圈子，只是为了掩盖我内心的空虚罢了。”

那些所谓的圈子，更多的是彼此利用罢了，真能交心的少之又少。对啊，那些不能和你成为知己的熟人，比如同事、同学、舍友等等，保持恰当的距离，遵循彼此尊重的原则，那就已经很好。真不必用力过猛。

有时候，你觉得孤独，不是因为你没有朋友。恰恰相反，是因为你太贪心了。

你总希望讨好身边所有的人；你总以为自己能和所有人做好朋友；你总为了根本和你聊不到一块去的人而懊恼；你总想着法子取悦那些你取悦不了的人。所以，你不断地跌倒，然后便开始怀疑自己，怀疑是不是自己哪里做得不够好。

久而久之，你不经意间把以前的好朋友也丢弃了，却还在去讨好和试图挤进与你气场不合的圈子里。要知道，你真的不需要那么多所谓的朋友。人生在世，贵在活得真实且充盈。

不要把时间和精力，都浪费在去迎合不属于你的圈子上。因为到头来，你终究会发现：

一生中，知心朋友其实就那么几个，用心去把握TA们，便已是晴空万里。

没多少人真正希望你过得好

一个朋友曾在他一次老同学聚会回来后，语重心长地对我说道："小安啊，你以后要是参加什么同学朋友聚会啊，可千万要低调低调再低调，普通朋友之间可千万别像知心朋友那般，什么实话都说，不然很可能聚会结束后，他们依然是朋友，你却成了外人了。换句话说就是'只要你混得比我惨，那我们还是朋友；你混得比我好，呵呵，居然也不帮哥们儿一把，算什么兄弟，滚'。"

没多少人真正希望你过得好。

这是前段时间风靡网络的一句话。

生活中，很多人后来慢慢走散了，不是因为你们的友情消失了，而是随着岁月流逝，原本和你几乎在同一起跑线的他们，慢慢地走在了你的前面。

于是你不禁问自己：为什么当初学习还没我好的他却混得比我好呢；他不就是因为家里的爹厉害吗？所以才能找到这么好的

工作；大学那会儿，追我的男生比追她的可多多了，现在她却嫁得比我好；凭什么他运气这么好，第一次创业就那么成功，我却仍然如此潦倒……

有比较就必定有平衡得失，产生心理落差也很正常。

每个人都会不由自主地拿自己和周围的人比较，这就是人性，我们大可不必认为自己心胸不够宽广。但有的人比较之后，心生的是羡慕，是对自己当下状态的不满；而有的人则在比较之后，心生嫉妒，总觉得别人混得比他好是因为运气和天生的家庭条件优越。

我一个从初中到大学学习一直很优秀的同学阿雄，本科是在中大读的，研究生则是在浙大读的。

上一次同学聚会，有的人操着稀奇古怪的腔调“调侃”阿雄：你小子，不会读书读傻了吧？当书呆子可不好，要不要哥们儿几个给你介绍几个女孩子？但当他们得知阿雄其实已经有了一个谈了将近四年，一起读本科、一起读研的女朋友时，脸色立刻大变，好像这个事实狠狠抽了他们几大嘴巴似的。

当然也有很大一部分同学是真心祝福阿雄的。因为在和他初中、高中六年的相处中，我们都知道阿雄根本不是一个只会读书的书呆子。我们会羡慕他目前的状态，却不会嫉妒。

有心理学家分析：虽然羡慕和嫉妒这两种情绪都是因为人与人之间的比较产生的，但其给人带来的影响却是迥然不同的。

羡慕，是对自己当下状态的不满足；而嫉妒，则是对他人的一种不容忍。

当你羡慕别人在某个领域取得好成绩时，心理反馈给你的是积极的影响，你会因此采取积极向上的态度不断鞭策自己向其靠近。

而当你是嫉妒别人的时候，心理反馈给你的却是消极的影响，你会觉得自己比不上别人都是因为他们的运气和外部条件比你好，进而感到自卑和沮丧，甚至自暴自弃。

羡慕使人进步；嫉妒则多多少少会使自己的心理扭曲，还可能失去昔日朝夕相处的好友。所有心怀“只要你混得比我惨”的人，其实长时间来看，压根儿交不到几个真心朋友。

不可否认，世界上根本不存在什么绝对的公平。

你可能一出生家庭条件就比别人差；你可能一出生就因为基因决定了你外貌和智商都不如别人；你也可能因为在后来的地域差别、教育资源分布不均的情况下考不上别人可以考上的更好大学……

但这都不是你嫉妒别人的理由。

你要知道，总有人的条件比你差，但混得还是比你好啊。也总有人一开始什么都比你好，但最后却过得比你惨啊。

既然社会本来就没有什么绝对的公平，干吗要因为朋友过得比自己好就心生嫉妒呢?

因为嫉妒而失去了朋友和平和的心态真的不值得。看不得别人过得比你好，其实就是你孱弱的体现。你可以羡慕，然后尝试着努力让自己的生活变得更好。但请远离嫉妒，因为它真的不是什么好东西，是吃人的恶魔。

或许，面对浮世繁华，羡慕却不嫉妒，是送给你自己也是送给那些比你所谓“混得好”的朋友最好的礼物吧。

PART 2

活得不漂亮，是对生命的亵渎

不是优秀的人不合群，只是他们的圈子里没你罢了

大学宿舍卧谈会时我们讨论过类似的问题，最后几乎统一得出的结论是：

不是优秀的人不合群，只是在他们合群的圈子里没有你罢了。

记得我高中那会儿，八个人一个宿舍，其中就有一位舍友可以归类为大家认为的“优秀的人往往不合群”的那种人。

高一那会儿，我和大家的想法是差不多的，都觉得他太装，和我们太玩不来了，不就是每次考试都能稳居全校前几名吗？不就是参加全国中学生英语竞赛、数学竞赛都得了一等奖吗？不就是平时喜欢捣鼓点小玩意儿然后就很“不要脸”去参加什么科技创新大赛得了一些奖吗……有什么了不起的，对，当时我就是天真地这么想的，其余舍友也是这么认为的，虽然平时在宿舍他和我们都客客气气，有什么宿舍活动也会一起参加，但就是觉得他融不进我们这个小团体中来，说的话也最少。那时候我们只觉得他就是傲，恃才傲物。

高一那一整年，我们七个人都会有意无意故意刁难挖苦他。

经常他到外面捣鼓一些小发明回宿舍晚了，我们就会怪声怪气似有似无地嘲讽他说：

“哎哟，大发明家终于回来了啊！今天又有什么重大发明快拿来给我们瞧一瞧啊，下次也带上我们呗。”又或者某次月考他又是全班前几，全校前十，我们又会说：“哎哟，要是我们和你一样那么努力学习就好了，教教我们可好？”

但每次我们这样刁难他时，他都会说：“好啊，下次我们一起去弄吧；好啊，以后我们可以一起学习的。”好像他不会生我们气似的。往往这时候我们都会觉得他好假，然后七个人阴阳怪气大声笑喊道：“记得下次叫上我们哦！”

他确实这样做了，每次他去干点什么的时候，都会问我们要不要一起去干。

但我们每次不是在打篮球踢足球就是在宿舍斗地主，所以每次都会和他说：“你去吧，下次再叫我们，没看我们正玩着的吗？”就这样反反复复，即使每次他叫了我们和他一起去干“一场伟大的事业”，也是因为我们自己贪玩找各种理由没有去。但人就是那么奇怪，每次他“干完大事”回来我们一如既往地嘲笑挖苦他，但一年下来，他几乎没有生过气。我以前觉得他这样很假，现在想想却觉得当时的我们是多么不可理喻。

后来，文理科分班了，我们宿舍八个人分道扬镳，各过各的剩下的那两年高中时光去了。之后高中的两年里，他作为我们学校的风云人物，我总能听闻各种关于他的光荣事迹，不过在高二一开始我还是只觉得他也就是个两耳不闻窗外事的学霸罢了。但后来，我却发现自己的想法是多么幼稚。

在剩下的两年高中时光里，我经常在校园里看到他和一群朋友去打篮球、踢足球；早上和一群人在学校的英语角锻炼口语；在省小发明创新大赛中带领他们的团队给我们高中母校带来一个个荣誉；甚至还在高三那年紧张的复习备考中带领他们班级夺取了全校班级篮球赛第一名；然后代表学校参加市里的比赛……而且周围认识他的人都说他真的很nice，也很幽默！那时候我有点怀疑自己高一那会儿是不是心底里刻意去刁难他了。

现在想想确实是这样子的。如果你以为故事到这里就结束了，那么让你失望了。

高三高考那会儿发生了一件让我们整个高中都为之沸腾的事情。作为带着我们学校冲击清华北大任务的他竟然顶着学校和他家里的双重压力，放弃高考。

那时候我们都以为他没救了，但后来等我们都陆陆续续拿到大学录取通知书时，我们的市报登载了关于他的新闻：×××毅然放弃高考，顺利被香港大学提前录取，学费全免。

我知道有的人会说，那他以后的人生也不一定会成功。

对，当然，以后的人生谁又知道呢？

但有一点可以肯定的是，从我高中这段经历，我深刻地认识到“物以类聚，人以群分”这个道理，当你认为某个人不合群时，不管他是否优秀，可能其实并非他不合群，只是在他们合群的圈子里没有你罢了。

所以，我们每个人，如果你没有深入去了解一个人，千万不要自以为是地给别人贴标签，因为等你成熟后你只会发现这样的自己是多么幼稚和可笑。

如果你没有深入去了解一个人，

千万不要自以为是地给别人贴标签，

因为等你成熟后你只会发现这样的自己是多么幼稚和可笑。

借钱见人品

昨天 A 先生又打电话给我了。

我刚接电话，就传来他那边似乎天经地义的一句话：“小安，借我一万块周转一下，下个月还你，账号还是上次给你的那个啊，中国建设银行那个。”

听完后我沉默了，没有说话。

本来他前三次向我借钱就一直都没还给我，让我对他的人品直接产生了怀疑，而这次打电话连个普通的寒暄都没有，就直接开口借钱了,还满口“下个月还你”,这句话我不知道听了多少遍了。

所谓事不过三，正当我在考虑如何婉转提醒他先把之前的钱还给我时，他看我不说话，就又说道：“哥们儿，你不会是怕我前三次的钱不会还给你吧，不就几万块钱吗？至于吗你？我是觉得你这个人很好讲话，才来向你借钱的，你就行行好救急一下你兄弟我都不行吗？都说了下个月还你了，我什么时候说话不算话的？”

呵呵，好一个“不就几万块钱吗”，好一个“我什么时候说话不算话的”。

我刚想告诉他，我挣那几万块钱，不知道给别人写了多少文章，晚上多少次熬夜帮别人画图校正才挣来的。我还想告诉他，正是因为我好讲话，正因为我是真的相信他这个兄弟，前三次才二话不说就借钱给他的。可后来想了想，还是算了，说话不必说得那么绝，毕竟朋友一场。所以我就稍微婉转地告诉他我自己最近手头也紧，借不了那么多钱给他，5000 块是上限了，而且还稍微点了他一下“有借有还再借不难”，希望他下个月真的一并把前三次的钱还了。

哟，这下可好，本是我的一片苦心，但我还没说完，他那边就冷哼了一声：“不就向你借个钱吗？大道理一堆一堆的，不想借就算了，呵呵。”然后就直接挂了我的电话，更让我惊讶的是，挂了电话刚不久，我就在朋友圈看到他的更新状态：

某某某看着挺好讲话的，没想到那根本就是装出来的，私底下一毛不拔，呵呵。

我没再解释什么，想着忍忍过去了就好了。

可这一两天里，在我和他有共同好友的几个群里，我每次在群里和其他人闲聊打屁，他都会冷不丁跳出来说些埋汰揶揄我的话，反正就是想让我当众出丑的那种。我越不去搭理他，他就表现得越猖狂。后来群里有一个朋友实在看不下去，跳出来说了一句：“A 先生，人家不就是没借你钱吗，到底谁错谁没理我就不说了，前两次你借的我的钱我也不再向你讨要了，但请你不要再这么厚脸皮还在群里指桑骂槐了好吗？”不说还好，这个朋友一说，群里立刻有其他哥们儿跳出来，发了一连串似笑实嘲的表情——

求你，还我钱吧。

A 先生看事态不对，立刻没再说话了，后来我看了下群人数，少了一个，原来他偷偷退群了。他退群后，群里的朋友陆续都表示被他借过钱，数目有大有小，但却鲜有偿还。

我叹息了一声，看来，他在我们这群朋友里名声算是臭了。

今天下午，作死的我想着好歹朋友一场，就打算私底下和他聊聊。于是打开他的微信，发了两个字："聊聊？"嘿！没想到人家把我删除拉黑了。还真是借钱见人品。

今天我不想再多说些什么，更不想长篇大论去占据所谓道德制高点，人在做，天不一定在看，但多行不义必自毙。

如果这位哥们儿看到了这篇文章，不必惭愧了，更不必加回我来，钱还回来就可以了，不然，就法庭上见吧。嗯，我要对得起自己辛苦赚来的钱才可以啊。

最后也劝告大家一句——

请一定要远离伸手向你借钱还找各种借口不还的人。

这类人，不是骗子也是无能鼠辈，第一次第二次第三次还不还，那么以后不管他有什么借口，你都不要再借钱给他。

一旦借了，就会恶心你一辈子。

活得不漂亮，是对生命的亵渎

记得2013年高考结束后、临近我们去大学报到的同学聚会上，一位曾经只会学习、常年戴着大框眼镜、顶着蘑菇头、一脸青春痘的女学霸震惊了全场。

当时我们简直不敢相信她就是以前那个经常被当作女生反面教材的活案例。

自信代替了她以往的呆滞，一身活泼、青春朝阳的打扮代替了她以往万年不变宽肥松的校服，更重要的是，她调整了自己的作息、饮食。还有在适宜的护肤品的勤劳工作下，原本姣好的面容终于摆脱了痘痘、粉刺的无情打击，再加上她化了个简单干净的淡妆，一下子就变身女神了。

爱美之心人皆有之，从来都是如此，但很多人却从不太注意自己的形象，甚至把追求变得漂亮视为可耻。

其实仔细想想这真的挺可笑的，追求美何错之有？

这是我们每一个人不可亵渎的权利！不妨把你的脑洞放大好好想象一番，你能忍受人人都追求丑恶的景象吗？

很赞同一句话：

20 岁之前不漂亮可以怪父母，但 20 岁之后不漂亮就只能怪自己了。

没有人天生就是完美的，即使你底子再好，也需要有得体的言谈举止、恰到好处的妆容和一定的素养，那才能算得上真的“漂亮”“有气质”。

以前我回到家，看到我老姐僵尸般地躺在客厅沙发上，脸上敷着据说能让皮肤变得又嫩又白的面膜，我都会调侃她：老姐啊，别敷了，就算敷上一整车的面膜你还是找不到男朋友的，还是多看几本书吧。

那个时候，她总会不以为然地反驳我：小屁孩你懂个鬼啊，看书和敷面膜完全是两码事好吗？我才不是为了那些臭男人敷面膜呢，我是为了我自己。你想一想，看着自己一天天变得越来越好看，皮肤变得越来越好，那别提多开心了，感觉做什么事都特有劲儿，看书也会更有劲儿啊，这才叫事半功倍好吗！！

愉悦自己又愉悦了他人，何乐而不为？

确实，我不能否认的是，作为她唯一的弟弟，目前为止，我的穿着、适当的男士护肤用品，甚至在剃须刀、领带、眼镜和鞋带颜色的选择上都是她一点点督促我完善提升的。

有一次我问姐夫，你会不会觉得我姐管你太多了啊？要是我可能早就被逼疯了。

但他的回答令我有些意外，他说，不会啊，我是在你姐姐的指导甚至是严厉监督命令下才慢慢改掉以前有些驼背、穿着老土的形象的，现在和同学聚会也显得更自信了，我有时还后悔没能早点遇到你大姐呢。

确实，一个爱美、追求美，努力让自己变美的人，不仅自己会变得更好，也会潜移默化地影响别人。

女人爱美，不仅是对自己的负责，也是对爱自己、自己爱的人负责。倘若这世上的每个女人都精于装扮、修身养性；去融入知识的海洋、艺术的殿堂、生活的熔炉；去加工、锤炼、提纯，树立起良好的气质形象，那么这世上就没有一个不漂亮的女人了。

漂亮，不仅指天生丽质，更是美好岁月的熏陶。

奥黛丽·赫本说过，女人的容貌是她不可或缺的资本，两个人相遇，让他们开始接触的大多数诱因就是容貌，容貌让两个人在一起，而性格决定了两个人能走多远。

可能有人会立刻反驳道：什么容貌就是女人的资本啊？谁说的？我就只注重对方的心灵、性格好不好，外表什么的那都是浮云。没错，两个人在一起，对方的善良、对方的性格直接决定了你们这段感情到底能走多远。

但是，你真的就完全不在乎对方的外表、形象吗？

你真的能够忍受一个整天打扮穿着很邋遢，甚至和你约会都不会好好捯饬一番的 TA 吗？

设身处地想想，在你的学习、工作和生活里，你更喜欢和端

漂亮，

不仅指天生丽质，

更是美好岁月的熏陶。

庄得体、落落大方的人共事，还是和那些满脸污垢还自以为潇洒的人呢？

相由心生，这是有一定道理的。

只有在工作、学习和生活中都爱美、追求美、享受美的人，方能随着时间慢慢变得面目和善、讨人喜欢；而那些看到美好事物还嗤之以鼻、看到别人长得好看就心生嫉妒的人，慢慢地也就变得面目可憎了。所以与其把时间浪费在嫉妒别人身上，不如好好由内及外捯饬自己，提升自己的审美能力，尽可能追求一切能让自己变得美好的事物。而这最终目的就是让你本身也成为一种美。

如果说风度是男人的名片，那么精致则是女人的尊严。所以不管是女人还是男人，你都必须活得“漂亮”。要知道，活得不漂亮，其实是对人生的一种亵渎。

这世上，稀罕的是理解。

人来人往走一遭，求的不外是——

“几分薄产，家人健全，两三知己，还有盗不走的爱人。”

××××××××××

曾磊是我大一认识的一位大四师兄，彼此玩得很好，但一年不到他就毕业了，之后几年里陆陆续续听到关于他创业越来越成功的消息，也十分替他开心。

前段时间，趁他有空拉出来聊了一通。除了继续总结过去，畅想未来之外，他感慨最多的就是朋友，能理解你的朋友才是真朋友。

“头两年有的大学同学听说我创业挺成功，纷纷来找我借钱，说等他创业也赚了钱就连本带利还给我。但其实一开始的那两年，是我们公司发展最关键的两年，虽然几个项目都做得不错，但为了留住客户，出让了绝大部分的利益，根本没赚到什么钱，还有几次策略不当亏了大钱。那两年里，刨去员工工资和其他开销，我还向家人借了100多万，然后才慢慢发展起来的。可是那些向我借钱的朋友，当被我婉拒后，中间隔着好几年再没找过我。可这几年，他们又开始来找我了。唉，也不能说他们怎样，但至少我不会把他们当最真心的朋友吧。而有几个朋友，从我创业至今，虽然他们也没什么钱，但在我困难期，他们把一半的工资都借给了我。现在我算有点成就了，但他们从未向我借过钱，或者想在我公司安排几个熟人。以后要是他们有难了，就算我公司倒闭了，也会帮他们的。”

对啊，只有真正能理解你的人，才算是真正的朋友吧。

有时候，一个人看似风光的背后，可能会有无尽的无奈和艰辛。

我们每个人生活都不容易。

理解，有时候就是最高的赞赏了。

××××××××××

记得高中有一段时间，我的钱包里只剩下了300块，足足要撑够一个月。

刚好遇上我们学校的班级篮球赛，订一套球服要近百元。我个性要强，容不得任何人瞧不起我。

于是就问那时班里的篮球队长建文，能不能下个月交订球服的钱。没想到他回了我一句："不用啦，我刚好受伤了，打不了，用我的吧，下午别再吃泡面了，和我一起吃食堂吧，嘿嘿。"

他说得很轻松，没有半点别的语气。而我真的感动到不行，因为我知道他肯定了解到我那段时间的青黄不接了。这么多年过去了，可我们的友情一直都在。

前几个星期，他升格当爸爸了。而我还在学校备战期末考试，他微信视频我说："小子，虽然知道你实在有事赶不回来，但你一定要在视频里看看我儿子，以后他就叫你干爹了。"

他那么理解我，我又怎么好推辞掉干爹这闲职呢？

有时候我会奇怪：这小子高中只会打球，大学也没考上，心却比女生还要细。或许，那不是心细吧。只要彼此把对方当真正的朋友，所有的理解也都变得理所当然了。

××××××××××

还曾在一个聚会上认识了一位同性恋者。

有一次他问我："你知道为什么我能和你做朋友吗？"我说："因为你也肯当我是朋友啊。"

他白了我一眼，说："你这和没回答没啥区别，我愿意和你做朋友，是因为你从没有做过任何歧视我是 GAY 的举动。"

其实，他并不知道，作为异性恋者，我一直不明白为什么有的人会有那种恋爱倾向，甚至仔细去想会有点恶心。我的知识范畴还不足以让我理解同性恋，但我理解人都有爱的权利，不容剥夺，那就够了。我和他做朋友，又何必关心他爱的是谁呢？

真正的朋友，不一定要在物质和精神上都无条件支持你。因为每个人都有每个人的难处。所以每个人都不可能永远帮你，但TA一定是那个能够理解你的人。

当你快被流言蜚语压垮时，会默默陪在你身边；

当你深思熟虑要辞职时不会说你笨蛋，而是给你建议；

当你做了某件普通人不太理解的事情时，TA也会站在你身边。

没做到这一点，不算朋友。

塞林格在他的《麦田里的守望者》里说道：

“我们确实活得艰难，不但要承受种种外部的压力，更要面对自己内心的困惑。在苦苦挣扎中，如果有人向你投以理解的目光，你会感到一种生命的暖意，或许仅有短暂的一瞥，就足以使我感奋不已。”

对啊，那个向你投以理解目光的，即使是陌生人，在那一瞬间你们也是朋友。你可以不认同他的做法，但只要没伤风败俗、迫害他人，理解，就永远都是朋友间最高的赞赏。

今天中午，暑假在建筑公司一起实习的一哥们儿打电话给我。

说实话，挺惊讶的，因为当时我和他并没上升到朋友的关系，顶多也就是个熟人兼前同事。所以我还挺开心的，就问他有什么事。

他也挺不客气，还没寒暄，就对我说道：“暑假这段时间看你的CAD和画图能力挺强的，公司领导都表扬了你，所以你给我画个建筑图纸吧，要求不高，就是我开学要用到，等会儿我把设计规划发给你。用不了你多少时间的，熬两天夜就行了，到时候我请你看电影，3D 的哦。”

我一下子蒙逼了。还没来得及回复他，他又继续说道：“不对哦，是两个建筑图纸想让你帮我画，不过你三四天也就画好了，你邮箱多少？我把文件发给你看看，到时候一定请你看电影，不会亏你的。”

此时我心里早已万马奔腾了：求你能别再逼逼逼了，行吗？我请你看一个月的 3D 电影，你帮我画两个建筑图纸，行吗？额外我再补贴你 2000 块。

我不想撕破脸皮但更不想和这种人继续多费口舌，就回道：“不好意思哦，我最近自己也在赶一些建筑项目，帮不了你。”

可没想到他似乎没明白我的心意，继续说道：“没事啦，等你忙完再帮我画就好了，反正现在一些电影我也不想看，你晚一点帮我画，可能就有我喜欢的电影上映了。”

最后逼得我实在没办法，我只得说：“哥们儿，自己的事情自己做，说实话，你给我钱我也不会帮你的，我们学这行，就要自己动手才行啊。”

没想到我刚说完，他就冷哼道：“一个大老爷们儿，居然这么小气，你不想看电影大把人想看。”

说罢就挂了我电话。

呵呵，祝他找到能帮他画两个建筑图纸的傻蛋呗。

×××××××××

又想起前段时间一个人突然在微信上找我，劈头盖脸就问：

“我觉得你的一些文章写得也挺好的，所以我能不能把你的文章放在我的公号里啊，我自己不想写，能给我开白名单吗？”我说：“可以啊，注明出处和作者就好啦。”

他继续说道：“我想和你说的就是这点，我不想写出处和作者，想直接署我自己的名字可以吗？就是让别人以为是我自己写的。我想让我女朋友看，她肯定会说我很厉害的。”

……

我没说话。

过了一段时间他又说：“我很喜欢你的文章，你不能连粉丝的一个小心愿都不帮吧。感觉你不是那么小气的人啊，可别让我失望。”

“你可以随意转发朋友圈的，但公众号或者其他媒体转载都是需要注明作者和出处的，这算是对作者的基本尊重吧。以前纸媒时代，杂志等媒体转载还需要付费呢，为什么你写个作者名字和出处都不肯呢？或者你可以自己写啊。”我已经很生气了，但还是耐着性子回他。

“呵呵，一个作者就这样的胸襟，我不说了想让我女朋友以为是我自己写的吗？小气。”

当他说完这句时，说实话，我已经不想再和他费口舌，就直接把他删除了。

××××××××××

再说说我去年考建筑一级证书时遇到的一奇葩吧。

我们是在备考阶段经一朋友介绍认识的，当初说有个伴儿一起复习会更有冲劲。在考试前一个月里，他就总有意无意在向我灌输“是兄弟，那杀人放火也要帮”的观念。

最后，在考试前一个星期，他终于说出了他一直想说的话：

“哥们儿，你也知道我去考肯定没希望了，你这次先帮我考过笔试，你下次再考肯定也过。你复习得那么好，而我连书都没看几页，真没戏啊。我知道被抓的风险很高，但我爸那边有人，他会帮我打点好我们那个考室的监考员，你尽管帮我考就是了，面试我自己来就好，你只需要帮我过了笔试就行。”

最后我当然没有答应，朋友当然也不能再继续了。反正他爸那边有人，他应该也不会过得太差的，所以这种傻 ×，我就只能祝福他了。

这不是帮不帮忙的问题，而是傻 × 和正常人的问题。

试问有哪个正常人，会“这么不要脸”到让别人免费帮你做一个星期甚至更久工作量的画图作业？

试问哪个正常人，会这么理直气壮想要直接剽窃别人的创作成果？

试问又有哪个正常人，会让你冒着违反法律、被禁考的风险替你去考试？

遇到的傻 × 多了，最后你才会明白，原来和傻 × 最好的沟通交流方式，就是不理会、死不理会，或者直接拉黑。

有些人就是这样，总以为别人帮他就是天经地义的，不帮他的人就是小气，就是心胸狭隘。

也有些人，总以为可以随意盗窃、使用别人的劳动、脑力成果，甚至据为己用。傻人有傻福，但傻 ×，真没有。不懂尊重别人、总想着法子占尽别人便宜的人，可能会有一时爽，但最后愿意帮助你的人，只会越来越少。

真的，只要你的要求没那么傻 ×，比如：

舍友偶尔让我帮他买买快餐；

朋友偶尔让我帮他去顶顶班；

熟人偶尔让我帮他去点个赞；

你遇到难事了我去拉你一手；

……

这些都没问题。

我即使吃点亏，也一定会尽力帮你。

但那些傻 × 操蛋、违反了基本做人原则的要求，还是滚吧，实不能帮，走好不送。

手机多无辜啊

之前微博收到一条私信：

"安同学，我和男朋友在冷战，在他眼里，手机比我可重要多了。"

我想了想，回道："要是你们真心彼此珍惜，手机可能反而会让你们的感情更好。手机是无辜的，重要的是你们的态度。"

周末晚上，喜欢在嘈杂环境下写东西的我来到肯德基，找了个最不起眼的角落坐了下来。

我坐在角落里敲敲打打码着字，累了就停下来，然后像个好奇宝宝睥睨着四周，看各种人各异的表情。

虽因环境过于嘈杂，我并不能听清大家都说了什么，但从他们的表情和肢体动作，总能体味出很多好玩的东西。

坐在我前右方的是一对似乎正处在暧昧期的情侣，他们的每一个神情和肢体动作，都似乎散发着一缕情窦初开、初春般的气息。

男生不时把手机凑到女生面前，似乎在给她看些什么好玩新鲜有趣的东西，然后两个人对视莞尔一笑，倏而又彼此快速低下了头，我能明显感觉到他俩低下头后都在偷偷观察着彼此的神态呢。好玩极了。

而我正左边的大桌上则坐着一群穿着打扮都各有特色的女生，她们似乎很久没见面了，热络得很，但她们手里又都拿着手机，然后打开前置摄像头，有的嘟嘴，有的卖萌，有的摆剪刀手，三三两两自拍着，拍完后又各自交换着手机看，然后对着手机彼此七嘴八舌说个不停，好不热闹。

后来她们要拍合照，无奈前置摄像头像素不高或者是找不到合适的采光位置，所以她们中某个女生也许是看着我面善吧，卖了个萌就乖乖让我给她们连拍了十几张合照。

我知道，最后她们发朋友圈时，一定只会挑选那十几张合照中最带感的那一张。

当然，并非所有的面孔都那么和谐。

在我正后边坐着的似乎就是一对正在闹别扭的情侣。我不好意思往后看，但因为靠得太近了，隐隐约约能听到他们的对话：

“你和我出来就只会玩手机吗？”

“你不也在玩吗？”

“我是看你玩我才玩的啊。”

“我看手机不是玩，我是在回复别人信息啊。”

“别人信息就那么重要吗，一直回个不停？连看都不看我一眼。”

“别闹了好吗？你玩我都没怎么说你啊。”

"当然啦，你怎么好意思说我？因为是你先玩的啊。"

……

我时刻担心着他们会不会在某一刻突然爆发，大吵起来，然后作为老好人的我是不是应该站出来好心调解调解。但似乎我的担心是多余的，之后我的背后便是死一般的沉寂，只能偶尔听到他俩各自喝饮料的声音。

又过了不久，他俩走出了肯德基，两人一前一后（中间能再站上个四五个人），谁也不理谁，各自低头把玩着手机，这下可真所谓"天下太平"了。

我突然想起了前几个星期，参加的两场气氛截然不同的聚会。

一个是初中舍友阔别了近10年后的重聚。有人可能会觉得，那么久没见了，彼此交集共鸣少了，那必定只剩下大眼瞪小眼，场面一片尴尬了。但我们实际上相谈甚欢，我们聊起了很多往事，我们吐槽了各自当下很多的琐事，我们侃了各自未来的设想。

我们也还各自玩着手机，不时一起玩自拍，不时交换着彼此手机里藏着的一些小秘密。

然后我们时而会心一笑，时而不顾形象哈哈大笑。嗯，开心极了的一次重聚。

另一个是大学新闻部门聚会，那时我们曾经一起无数次挑灯夜战、肩并肩头撞头讨论如何改稿。我们也阔别好长时间没见过面了，聚会前我抱着极大的期待，以为我们会再擦撞出什么新闻、思想上的火花，可这毕竟只是我的一厢情愿。

嗯，那晚聚会，大家似乎都心不在焉，偶尔有几个人想把气氛搞热起来，想把大家重新凝聚起来，可真是有心无力了，大家都只顾低头玩着手机，我一开始以为大家是真心忙呢，可后来稍微注意了下，发现不少人低头在玩着游戏。

最后，大家面无表情一起合了个影，就散了。

我们曾经都有过热血新闻理想的六人新闻部门，可能真的也就这么散了。

很多时候，人们似乎会把人与人之间交往热情的下降全归咎于这个所谓浮躁的世界——

“大家为了生活都不容易啊，谁还有那个闲心和你交心呢？”

“唉，不像以前了，没有智能手机那会儿，大家坐下来聊得多嗨啊。”

“手机和网络正在一点点吞噬着我们的生活，大家都成了它们的奴隶了。”

……

可是很少有人能自问反思自己，真的是这个所谓浮躁的世界、手机和网络毁了你和他人之间的关系吗？离开手机和网络，你们之间的关系真的就会变得更好吗？为什么在这个你看来是浮躁的、被手机和网络吞噬了的世界里，有人依然生活得很充实快乐，和别人的交往也一如既往的好呢？

你的态度，才是决定性因素。

我们不应该把生活的一些不如意归咎于科学技术的发展，就像为什么别人能用网络学习甚至创造，而给你的只有焦虑。你本可以奴役科技，却被科技奴役。所以说到底，这还是你的态度问题。

态度端正了，手机和网络根本不会影响你和任何人的交往，反而，它可以成为你们感情的推助器。手机、网络以及一切不反人类的科技多无辜啊，它们可不该替你们人际交往关系差、生活不如意背黑锅。

所以，如果你真想约我出来，真想和我有心与心的交流，不妨来一句——

“有空出来一起玩手机啊。”

那时候，我定会心一笑，欣然赴约。

相比生命之重，
你更不能承受的是生命之轻

最近在读米兰·昆德拉的《不能承受的生命之轻》。

说来真的惭愧，大一就计划读的，一直拖到大三后才开始实行。

书中有一段写特蕾莎因为托马斯无法割舍与情人萨比娜的缠绵，觉得自己成了托马斯的负担而选择离开他，回到家乡布拉格。而托马斯在知道特蕾莎离开之后，起初觉得十分恐慌难过，可是随后想到他再也不必每天纠结要不要和特蕾莎一起生活，不必为了自己在外面和别的女人私会让特蕾莎生气伤心而担忧，不必为自己对婚姻的不忠而有负罪感，渐渐地，托马斯沉重的心情释然了，觉得生活充满了诱惑，长期感到沉重压抑的心变得轻盈了，轻得几乎要飞起来了。

这一刻他真正体验到生命之轻的快感，无拘无束，自由自在，这才是他托马斯真正想要过的生活。可是，当他准备给情人萨比娜打电话，或者给曾经相交过的任何一个女人打电话时，他却发

很多时候我们可以承受生命之重，

但对生命之轻却是无法承受的吧。

比如家庭，

很多时候家庭对我们就是

生命中不能承受之轻的那一部分吧。

现自己提不起兴趣了，丝毫没有了这种欲望。

这一刻，他终于体会到与之前的婚姻之重的痛苦压抑相比，这种彻底解脱的生命之轻更令他痛苦，并且是无法承受的痛苦。

对于无法承受的生命之轻，书中有一段话对此做出了完全的阐述：如果永恒轮回是最沉重的负担，那么我们的生活，在这一背景下，却可在其整个的灿烂轻盈之中得以展现。

但是，重真的残酷，而轻真的美丽吗？

在历代的爱情诗中，女人总渴望承受一个男性身体的重量。于是，最沉重的负担同时也成了最强盛的生命力的影响。负担越重，我们的生命越贴近大地，它就越真切实在。相反，当负担完全缺失，人就会变得比空气还轻，就会飘起来，就会远离大地和地上的生命，人也就只是一个半真的存在，其运动也会变得自由而没有意义。

那么，到底选择什么？

是重还是轻？

巴门尼德认为宇宙是被分割成的一个个对立的二元，有着正负两极。

对于轻与重的对立，他说轻者为正，重者为负，可是，当真是轻者为正，重者为负吗？我想对于托马斯来说未必，对于特蕾莎来说也未必，对于我们芸芸众生来说更是未必。

很多时候我们可以承受生命之重，但对生命之轻却是无法承受的吧。比如家庭，很多时候家庭对我们就是生命中不能承受之轻的那一部分吧。

可能你的家庭不富裕；

可能你的父母没有多少文化；

可能你的家庭里鸡毛蒜皮的小事很多；

可能家人间经常吵吵闹闹；

…………

有时你也会抱怨命运的不公平，为什么别人一出生就可以拥有的东西，你却得拼命努力才可以得到，你上有老下有小觉得家庭负担很重。

有时你会觉得父母太过市侩，为什么别人的父母是高官是教授是企业高管，而你的父母却只是普通得不能再普通的农民。

有时你觉得别人的家庭整天吃喝旅行，是那么温馨幸福，而自己的家庭总有很多争争吵吵。

有时你甚至觉得如果自己一个人生活是不是就会好很多，你所抱怨的不满的事情都会烟消云散。

有时你对自己说走吧走吧，去一个很远的地方，到一个陌生的城市，然后开始新的生活，那里会有你一直渴望的春暖花开。

可是，真的当你要离开家，去一个陌生的城市的时候，之前所有幻想的轻松与欢乐都没有出现，心里只是感到很酸涩，很不舍，眼泪也是不由自主地噙满眼眶。

你开始想要好好奋斗，让父母不再这么辛苦劳累。

你开始觉得家人经常吵吵闹闹的生活也是非常有趣。

你开始觉得父母虽然市侩节俭，却总是会把最好的留给你。

你开始认识到自己的不争气，父母给了你生命并且含辛茹苦地把你养这么大，哪怕你不漂亮，在他们眼里你也是最美的；哪怕你不聪明，在他们眼里你也是最聪慧的；哪怕你一穷二白，他们再苦再累也会供你吃穿；哪怕你有很多缺点，你做了很多错事，受过很多伤，他们依旧一如既往地无私爱你、包容你、保护你。

外面的世界有诗和远方，有精彩也有浪漫，可是当你孤单的时候，你还是会想家。

当你受伤的时候，你还是会想给父母打个电话。

当你有开心的事情时，还是会想第一时间告诉他们。

当你累的时候，想放弃的时候，想想家，想想父母，你又有了拼下去的勇气。

有压力才会有动力，如果当真让你一个人远离家人、抛弃现有的一切去洒脱的时候，你又会发现，原来脱离家庭束缚的生活竟是如此无趣、孤寂，甚至没有任何想要为生活努力奋斗的动力。

就像很多未婚、孤单一生的人，因为没有家庭的重担，他们的生活确实轻松了很多，可是他们也会因为这份轻而变得得过且过、孤寂一生。终究你会发觉，原来与生命之重相比，让你无法承受的竟是生命之轻。

所以，不要拒绝生活带给我们的压力与挑战（生命之重），当你失去所有的压力和挑战后，你也就随之失去了生活所有的动力了。

就像外面的食物再美味，可是多年之后你会发现自己最思念的还是妈妈做的那碗手擀面。

总怕被打脸，
但被打脸的概率永远都在

昨晚阿至突然跟我说:“我觉得自己现在变得好奇怪啊。”我问:“怎么了？”

他一个大老爷们儿扭扭捏捏一阵子后，憋得满脸通红，才挤出那一句话 :“突然好想秀恩爱啊。”

倏地，我嘴里刚灌满的咖啡噗的一声喷了出来，然后死盯着我面前这位自我认识以来从未秀过恩爱的哥们儿。

“阿至，你是不是受到什么刺激了？”作为朋友我好歹得问他一句。

“不是啊，就是……觉得……呃……怎么说呢？她不是我交往的女孩中最漂亮的，但她却是我第一个想向全世界公开的。”

“然后呢，你就那么冲动了？”我心里咯噔了一下，因为我自己好久都没有阿至现在的这种心情了。

“不是冲动，可能有人会觉得我在炫耀，可和她在一起，我体会到了从没有过的舒心，喜欢温暖到心底里的那种感觉。”阿至以从前从没有过的形象——神经病一般真诚地盯着我，说出我们哥们儿之间从未说过的这般肉麻的话。

但我还是以为他就是心头一热，说完之后也就抛诸脑后了。

我们分开后，我刚回到家，还没打开家门，刷了下朋友圈。

我去……丫的阿至还真秀了啊，足足九张，尽显诚意，文字倒简明扼要："我媳妇，嘿嘿。"

那一瞬间，我才明白，即使之前信誓旦旦说绝不会秀恩爱、有无数女生倒追的花美男，当他遇到让他喜欢到心底里的姑娘时，一样会"按捺不住"。

之后不久，阿至的女朋友也更新了朋友圈，几张她和阿至一起去烘焙坊学做面包的照片，另配一个调皮的表情。

疯了，疯了。这是我当时唯一能想到的形容词。

阿至居然……还会陪他女票去学烘焙！！！

我突然一阵鼻酸，觉得自己有点可悲，觉得自己最近这几年里活得太累太憋屈太过在意别人的看法了。

有人说："一个人内心越缺什么，就越喜欢显摆什么。"

但在阿至身上，我实在看不到他想显摆些什么。自认识他以来，我们出去玩，会被女生要微信联系方式的永远只有他。他身边真不缺各种条件十分不错的女生。我看到的只有阿至从内心里油然而生的那种喜悦——他真的很喜欢很喜欢她，即使她身材不是最好的，脸蛋也不是最漂亮的。

嗯，他就是想分享一种喜悦，一种真正沉浸在幸福里的那种满足。你可以不是最好的。因为如果非要论各种条件，世界之大，总会有比你更好的。可是，只要我愿意，我喜欢，我觉得你是最好的，那就足够了。

可想想自己的这几年呢，已经记不清楚到底压抑了多少次内心想和亲朋好友分享的那种喜悦了。

我总在担心，要是以后分开了，多尴尬啊。

却从未明白这么简单的一点，你总怕被打脸，但被打脸的概率永远都在。就算以后无论什么原因真的分开了，但当下的那种喜悦是真实的啊。

人生如果总在唯唯诺诺和瞻前顾后中度过，真的没啥意思。敢爱敢恨，活在当下，对现在的自己负责，人生便已无憾。如果你总是怕被自己打脸，那么即使以后你们结婚生孩子了，也依然会有这种顾虑。可人生从来就没有什么是百分之百能保证的啊。

在文章发出去之前，我把文章丢给了阿至看。

看完之后他哈哈大笑，然后说道：“什么打脸不打脸的，以后的事我不知道，但现在我就是想秀恩爱啊哈哈哈哈哈哈！我是真的真的好喜欢她啊哈哈哈哈哈哈哈哈。”

PART 3

当我足够好，就会遇见更好的你

细节，有时候就是生死成败

昨晚，一哥们儿找我抱怨：“郁闷好几天，你说，女生是不是都那么作啊？”

我赶紧问：“怎么了？”

他说：“我泡一‘妹纸’，快三个月了，在微信里聊得好好的，所以前几天就顺其自然请她出来喝点东西了，当时她答应得也很痛快。”

“嗯，那不挺好的吗？”我问。

“就是啊，但送她回到家我找她聊天，她也不怎么理我，后来我问了她好几次是不是遇到什么烦心事了，她却说我们不合适。你说，明明之前相互都挺有好感的，可她怎么一见面就变脸了呢？”他感到不解。

我也不解：“就是啊，再怎么说你长得也至少比我要帅出好几倍吧，都是别人扰你而不是你泡别人的啊，这次怎么回事，你问她了吗，是不是有什么误会？”

“呃……呃……”他支支吾吾的。

“到底怎么了？”

“呃……之后我又问了她好几次，她才说那晚和她见面时，我直接把雨伞放在了旁边空着的凳子上，走的时候又不把凳子上的水擦干。你说她是不是很作？凳子那么多，放放怎么了？我没擦干又怎么了？不是还有服务员吗？你也知道我大大咧咧的，哪会注意这些细节？再说男生粗枝大叶点不是更疼女生吗？”他感觉很委屈。

……

怎么说呢？其实，我朋友可能真的没注意这个细节。他也真的不觉得这是什么大问题，他甚至觉得，男生嘛，粗枝大叶点那也是天经地义的。但，有时候细节在一定程度上就是你的修养，细节真的可以决定一件事的成败。

“神经大条”真不代表你可以做出一些不太文明的行为，你自己可以觉得这些都没什么。但在别人眼里,这就是你素质的体现了。你说你“神经大条”，并不是故意的，但别人因为这些细节，对你的好感就没了啊，这又有什么办法呢？

我不知道说什么好了，祝福我哥们儿，其实他人真挺好的，没什么大毛病，还长得比我帅好多好多。

××××××××××

还有一次，陪一朋友去应聘一份待遇和工作环境都不错的工作。

本以为他是十拿九稳的，因为那朋友说一面时那位经理对他的印象很不错，面试结束后还特地打电话敦促他一定要去二面，说什么很看好他。但他进面试厅还没几分钟，就垂头丧气出来了。

我赶紧问他，怎么那么快。一路上都是沉默，只得陪着他慢慢走出大楼，来到等公交的地方。

上公交后，他才慢慢缓过神来，然后一脸委屈和不服气地对我说："坑爹的，我看错时间了，整整看晚了一小时，刚才我进了面试厅才发现，他们已经在面试竞聘其他职位的人了。"没话说了，还是赶紧想着找下一份吧。

你明天的约会可别再迟到了，不然就真可能丢了工作又没了老婆。

××××××××××

说完别人，好像挺没劲的，显得我特像"圣父"一样，那就说说我自己吧。

因为我大学专业和建筑有关，春节时，趁着"用人荒"我接了好几个私活干，想挣点外快。在别人看来我好像特别上进，别人在旅游，我在帮甲方画建筑图纸；别人在聚会，我在帮甲方画建筑图纸；别人在朋友圈都已经晒尽了全世界的新鲜玩意儿，我依然在帮甲方画建筑图纸……

但其实只有我自己知道：为了赶工，为了在最短时间内完成最大的工作量、拿到更多的外快，我在建筑图纸的细节上特别不在意。

从事这行的人都知道，关乎人命的建筑图纸要求是十分严格的。结果当然也是和甲方闹得很不愉快，一开始我还在为自己辩解，但之后发现图纸错漏百出后我就乖乖闭嘴了，一个劲儿地道歉。然后熬夜拼命补救，所以春节期间，别人都长膘了，只有我居然瘦了7斤多……

虽然最后我拿到了外快，但那几个甲方公司今后再也不敢用我了，我失去了之前给他们留下的美好印象。

其实我自己现在也特别理解，我是甲方也不会再用像我这样的人。世界上你能做的事很多人一样能做，还能做得比你好。所以，人家凭什么把一份工作交给一个不注重细节、不追求完美的人呢?

××××××××

有人会说，成大事者就应该不拘小节不是吗?

但我觉得，凡是成大事者，必定比我们这些普通人更早地养成了把一件小事做到极致的习惯，人家不是不拘小节，而是早已经润物细无声地把细节完美融入了生活事业中。

我认识一位在事业和家庭中都过得特滋润、特让人羡慕的哥们儿。有人说，一个特别在意细节的男人，必定会显得不够大气，做事畏畏缩缩的。但他真的是收放自如，既让你深深折服于他的豪迈气概，又使你从他做事的细节中体会到他的认真和用心。

其实一个人是否大气和你注不注重细节真的不矛盾。很多时候，细节直接决定了一件事的成败。很多时候，你就稀里糊涂倒在了自己根本没有在意的细节之上。因为细节很大程度上就是你修养的体现，就是最能窥探你内在涵养的行为。

就像我那哥们儿因为一把湿伞错过了一段恋爱，就像我因为急功近利丢了好几个重要的甲方客户……

有时候你自己可能感觉莫名其妙，我明明和别人做得差不多啊。但凭什么 TA 升职涨薪了，而我还在原地踏步？TA 和另一半感情好得让人心生嫉妒，而我还是单身狗呢？

其实，很可能你就是败在细节上了。注不注重细节，不是一个人能装出来的，它就像你的血液、你的气息一样，深深弥漫在你身体的每一部分，是自然而然流露出来的。

愿我们都能放下面子，甩自己几个耳光，告诉自己：别再因为一时急功近利丢了你之前给别人留下的良好印象，别再因为一把湿伞就丢了一个女朋友，别再让细节成为你人生路上的绊脚石了。共勉！

说实话，这样活着真没劲

今天和朋友 A 去参加另一朋友 B 的婚礼，因为都是特别要好的朋友，所以婚礼期间大家都玩得非常尽兴。

回来路上，看见朋友 A 一直在刷着微信朋友圈，又在不断来回翻看今天婚礼上拍的照片。

好一阵子过后，她长叹一声："还是不发了吧。"然后耷拉着一张脸看着我。

我问："干吗，什么'还是不发了吧'？"

"朋友圈啊，拍了好多他们甜蜜的照片，很想分享，但又怕发出去后别人会多想或会觉得我这个人太爱显摆了。"

我耸耸肩："想发就发啊，干吗活得那么累？我都发了好几个结婚现场小视频了，再不济，你就分组呗。"

1. 不是朋友圈绑架了我们，而是我们本身，绑架了自己。

每次看到《为什么越来越少人发朋友圈了》《分组可见是朋友圈最可怕的功能》类似的文章，我都会一笑而过。

我朋友圈里，有还没出来工作的学生阶层，有月薪难过 8000 的打工族，有月薪逾 20 万的高级打工经理，有创业了好几年功成名就小有名气的所谓“成功者”，也有像我爸妈那般的老人阶层。

他们每天分享着个性迥异的朋友圈状态，我喜欢的认同的，可能会点赞转发评论，我无感的，那就一带而过。

你永远不可能讨好所有的人，就像我们发朋友圈一样，干吗想那么多？想记录生活那就去记录呗，你不想让某个人看到，那就分组、屏蔽呗，多正常一事儿。

每个人的属性都是不同的，你有怎样的生活状态，那就如实呈现出来呗，你发怎样的朋友圈，就会吸引和你属性相似的朋友，这多好啊。干吗非要活得那么累？干吗非要想微信上所有能看见你朋友圈的人都和你做好朋友啊？人这一辈子，重要的是交几个真心能和你玩到一块去的朋友。其他的人？管他呢，你又没侵犯他什么。

总有一大堆人觉得，是朋友圈、是社交媒体绑架了我们的生活。殊不知，归根结底——真正能够绑架我们的，只有我们自己本身。

2.TA 到底会怎么看我啊？我感觉 TA 怎么好像讨厌我呢？

上个月和一朋友 C 聚了下，餐桌上他突然和我说起我们共同认识的一同事，小黄。

我很惊讶朋友 C 居然不怎么瞧得起小黄，觉得他平时太小气，整天穿来穿去，就那几件衣服，吝啬寒酸死了。可在我印象中，小黄是个风趣幽默的人，偶尔一起出来聚会吃饭也不像朋友 C 说的那般吝啬，甚至我偶然得知他出来工作后，还一直供着他弟妹在读书。

你看，人就是这样。无论你有多好或有多不好，在不同人的眼里，可能都会有截然不同的评价。

记得前几天微博收到一条求助私信，对方这么说道：这段时间我自己也不知怎么了，特别在意别人对我的看法，甚至有时候因为一个人的眼神，我就整夜整夜地失眠，胡思乱想。甚至我想自己是不是得了交友恐惧症，每次认识一个人，我都会想：TA 到底会怎么看我啊？最近我们不怎么聊天了，TA 是不是讨厌我啊？

其实，当一个人总想着别人会怎么看待自己时，那就已经表明，自己对自己动摇了，自己内心的自信宝塔也正在一点一点地崩塌。

重建自信的办法其实也只有一个，那就是充实和提升自己，有句话不就这么说吗：你的问题，就在于想得太多，而做得太少。

3. **说实话，你活得那么累，很大程度上是因为过于在乎别人的看法。**

人活着，贵在真实。想发朋友圈那就去发啊；想交朋友就真诚去相处啊；想做某件事那就去做啊。记住，你发朋友圈，不是为了取悦什么人，而是为了记录自己的生活、是为了吸引和自己属性相同的朋友。

你交朋友，别整天想着玩上几天就能成铁哥们儿好闺蜜了，日久才能见人心，能不能成为知心朋友，交给时间就好，有啥好犹豫的？

你做某件事，不是为了得到某个人的看法，也不可能得到所有人的认同，你做一件事，是因为你觉得想去做，觉得做了你才会安心。

说实话，很多人活得那么累，很大程度上就是因为太在乎别人的看法。

最后，拿几米的一首诗作结：

人不是鱼，怎会了解鱼的忧愁？
鱼不是鸟，怎会了解鸟的快乐？
鸟不是人，怎会了解人的荒唐？
人不是鸟，怎会了解鸟的自由？
鸟不是鱼，怎会了解鱼的深沉？
鱼不是人，怎会了解人的幼稚？
你不是我，怎会了解我？

有时候，我就想一个人

生命中，总要留些孤独的时刻给自己。孤独不代表寂寞，在那些孤独的时光里，或许你能得到很多在团体活动中不可能有的体验。

就像许巍在《像风一样自由》里唱的："无尽的漂流，自由的渴求。"

自己独自漂流，才能发现孤独时刻不可替代的魅力。

傍晚时分，和往常一样，准备一个人去跑步。

但我突然想到前几天看的一篇小文章，大概意思是说，做什么事如果身边多一两个伙伴，会好玩很多，别整天自己一个人孤零零地做事情。

于是我就鬼使神差地发了一条朋友圈：有谁跑步走起?

不久，一平时玩得挺好的朋友留言道：5 分钟后楼下等你。

他还挺准时，让我顿时觉得，原来结伴跑步也还是挺靠谱的嘛。于是我们就开跑了。

生命中，总要留些孤独的时刻给自己。

孤独不代表寂寞，

在那些孤独的时光里，

或许你能得到很多在团体活动中不可能有的体验。

一开始自己觉得还挺新鲜的，有个伙伴一起好像真的挺不错。不过，我很快发现问题来了。

首先，往常我跑步一定会戴上耳机享受音乐的，但现在不行了，而和我一起跑的朋友又还挺喜欢跑步聊天的，于是我也只能陪着他聊，虽然这样沟通沟通感情也挺不错的，但还是一时间非常不适应。

其次，要照顾到同伴的速度，可能因为他不经常跑步的缘故，一开始跑得比我要快（也许是兴奋的吧），后来却一直要我等他，甚至半途停下来休息，这打乱了我平时“中慢跑不停下”的习惯。

如果说上面两点还只是习惯能忍受的话，那么第三点让我异常郁闷也是感觉得不偿失的：以前独自一个人一边听着自己喜爱的音乐、按自己舒服的节奏跑步，一边自个儿胡思乱想、沉浸于自我世界的趣味突然间没了，这种感觉就好像心里某些很重要的东西被活生生剥夺了一样，心里变得异常难受，堵得慌，总感觉缺少了点什么。

又想起了之前，一朋友来我家发现我居然有做手工的爱好。

于是，他之后几乎隔三岔五就来我家，缠着我，要我帮他也把做手工的兴趣培养起来，发誓也要做一个在生活中有点小爱好的人。我不太好意思拒绝，于是就答应了。

很多手工爱好者应该都知道，平时下班忙完之后，做手工就是自己与自己心灵的对话，是只属于你自己的一片私人领地。这段宁静、不受任何外界因素打扰，完全沉浸在自己世界里的时间显得尤为宝贵。它不仅能给你带来心态上的平和，很多时候还是你工作、创作、学习中创意的源泉。

但那位朋友加入后，我绝大多数的时间都要照顾到他的情绪，像个妈一样孜孜不倦教他怎么做，有时候他厌倦了，还要想着法儿让他怎么重新提起兴趣……

别说沉浸在自己世界里了，连好好完成个手工作品都难。还好他的热情并没有持续太久，不然不太会拒绝别人的我，不知要纠结痛苦多久呢。

我有一朋友，喜欢一个人去泡图书馆。

我们很诧异，别人有女朋友了总恨不得能出双入对呢。我们就问他，你这可不行啊，放着好好的嫂子不撩，怎么可以一个人去泡馆呢？嫂子没意见吗？她要是以为你偷偷和别的女生去约会怎么办？

他回道：“不会啊，我们都不喜欢一起去图书馆，即使一起结伴去了，到图书馆后还是分开坐的。我们都更喜欢能拥有一个人不受打扰，好好享受独自看书、做题、发呆的时光。我们曾经也一起坐过，想着偶尔能为对方答题解疑，那该多好啊，可后来发现，那根本不可能，至少我们不可能，我们总会分心，总会因为对方打断自己的思路，然后就又白白浪费一晚上了。所以后来我们干脆约定，把图书馆的时光留给对方，不是说吗，好的恋爱关系一定要给对方留点空间啊。”

嗯。有时候我想，要是大家都能这么想那该多好啊，因为每次我去图书馆看到秀恩爱的情侣们，心脏是真受不了啊。好好看书不行吗？非要一边啃书又一边啃脸。

每个人都不喜欢寂寞，但孤独不代表寂寞。孤独能给你带来生命中许多其他时刻不能带给你的体验。

可以说一般我们都是群体活动的，就拿学生来说，他们一起去饭堂吃饭，一起去上课，一起打篮球，一起玩游戏，帮着一起追女生 / 男生……就差没一起洗澡了。这些事情在我们毕业后肯定都会非常怀念的，也是一辈子异常珍贵的回忆。合群固然重要，但每天留出一段时间给自己，独自去完成一些事情也是非常有必要的，我把它称为“享受孤独的时刻”。

在那个时间里，你可以完全沉浸在自己的世界里，想一些群体活动时不太可能想的事，认真总结总结最近发生的事情，考虑考虑未来自己想做的一些事儿，这何尝不是非常快乐而且充实的一件事呢？

我总觉得，人啊，应该要留出一片空白给自己独自去折腾，做什么都好，只要是一个人。

回到夜跑和做手工这两件事情上，就我自己而言，独自跑步、独自沉浸在自己做手工的世界里，是我一直以来形成的一个比较固定的习惯，在这些时间里，也是我自己对我这一天杂七杂八的总结、幻想时间。

那种挥洒着汗水、沉浸在自己的世界里的感觉是那么妙不可言。与自己对话、直击自己内心深处的那种“自我交流”让我感觉自己活得是那么真实而又是那么不真实；每天拿出一点时间沉浸在自己做手工的世界里，带给我的不仅是平和的心态，更是我工作、学习中创意的源泉，它给我的生活注入了源源不断的动力，让我的生活变得更加有趣。这，不能割舍也割舍不了。

一位老友曾对我说过这么一句话："我并不是要什么高冷孤傲酷，只是有时候，我就想一个人。"

是啊，再认同不过了。

一天里，总要留点空白给自己；生命中，总要留些孤独的时刻给自己。它不代表寂寞，而是能让你体会到团体活动中不可能有的人生体验。

真正的高情商

你人际关系好吗？

最近总是被这样那样的声音环绕：怎么办？我和他闹翻了！她不理我了！她人缘好好！每次都有人给她送礼物！我要怎么做，才能拥有一个好的人际关系呢……

这些苦恼，仿佛都套上了一个词——人际。

有人说，有些人天生情商高，说话也知道哪种场合该说，哪种话该说，对哪种人该说什么话。他们总能把话说得恰到好处，把话说得动听，令别人欢喜。于是人际关系好便和情商高联系在一起。

确实情商高的人，他的人际关系比说话大大咧咧的人好一点，至少不得罪人。有人说这是圆滑，这是阿谀奉承，这是拍马屁……

每个人都不得不承认，自己也想情商高，说话能展现出点艺术。

那么，真正的“高情商”就是我们所认为的“大众化高情商”吗？

我的好朋友E，人际圈并不很广。

我与她做朋友多年，让我觉得女孩子除了分为唯唯诺诺的乖乖女型、强壮的女汉子型、么么哒的可爱型、高冷的御姐型之外，还有我不知如何形容的类型。我遇到的一些朋友，我几乎都可以为她们配上适合的分类，唯有E，都不是，我找不到女孩子的类型与她对号入座。她是我所认识的朋友中独特的一个，如果真要让我给她一个词，那就是：舒服。

她长得不算漂亮，但还算清秀。我和E相识是在高中时期，三年同窗。她是一个学霸。

我记得那个时候，差不多整个学校的学生都认识她：是一个漂亮、成绩又好的学校“风云人物”。但她在学校都是独来独往的，倒不是她心高气傲，相反，她和班级的同学都相处得不错。

我问她：你怎么独来独往的，很少见你和同学一块？

她笑着对我说：别人都有自己要做的事情，为什么总要拉别人一起呢？而且有些事情一个人也没有太大关系的。

我突然想到不少女生，下课了连上个洗手间都要找个伴儿，吃饭也要凑团吃，不然一个人太孤单，甚至有些女生因为是一个人吃饭，索性就不吃了，去哪儿至少拉上一个人……

在这点上，E确实是很不一样的。

她从没有拉过别人一起去哪里，还是那句话：别人都有自己的事情要做的。

但是E可不是书呆子，她不是一个唯师独尊的乖乖学生，曾经还和老师有过冲突。

记得有一次因为“恋爱事件”被主任传去问话，之后接踵而来的是同学的各种背后议论。

但是她第二天又和往常一样，就像什么事都没发生过一般。

我问她：“你真恋爱了吗？”

她还是用爽朗的笑容面对着我：“你说呢？”

是的，她没有，是别人的一个恶作剧。

在我看来，她随心生活，不在乎他人的眼光。她很坚强，她很有毅力，她还是一个“高情商的学霸兼美女”。后来，她考取了英国的伦敦大学，我们都心生羡慕，她去了很多地方，写了很多故事，遇见了很多趣人趣事……活得不卑不亢。

有很多人想要“搭理”她，想和她做朋友；很多人想要送她礼物，想博取她的好感；很多人称赞她，欣赏她……

这是我们眼中的人际关系好吗？并不是，她知道自己想要什么，她并没有广交一大堆所谓好朋友，她还是和从前一样，过着自己想过的生活，做着自己想做的事。

她是“高情商女子”，使他人开心，更是使自己开心。既没有因为权势而对他人阿谀奉承，也没有因为他人的称赞而骄傲自大。她谦虚却又散发着一股傲气，那是傲骨。令人想靠近却又不敢靠得太近。

也许这才是真正的“高情商之人”吧！不为他人而活，却又与他人一起生活，做的是独一无二的自己，外在事物影响不了她想要变成的样子，而是她影响了外在事物。

问问自己，你人际关系好吗？为什么非要纠结于这个问题呢？

人贵在真实，一个圈子里，每个人都是主角。真正的高情商就是活出真我，顺便还能让人产生好感，至少不讨厌。

所以，做好我们自己，便是真正的高情商。

真正的女权

我知道，在如今这种女权主义盛行的时代，写任何关于女性的黑暗面的文章可能都会被嘲讽为直男癌。

近些年来的关于女权的话题愈演愈烈，促使越来越多的所谓作家热衷写关于女性的心灵鸡汤。

我本人也很喜欢这种文章，因为不管怎么说，它带来了很多正面的影响，人们开始关注女性的心理，对女性的要求已经不单单是相夫教子。然而，心灵鸡汤也有优劣之分。

我欣赏那种希望女性经济独立、人格独立和思想独立的鸡汤，我认为这最符合如今的职场女性的需求。但是，我鄙夷那些一味鼓吹女性要追求容貌，用怎样的床上技巧等去抓住男人的心的文章；我鄙夷那种通篇宣扬女性要自私的文章；我鄙夷那些为追求她们眼中所谓的“女权”而牺牲男性正当权利的行径。

为什么鄙夷那些“鸡汤”？因为那根本不是女权；恰恰相反，那是在歪曲女权的本意。

我们所面对的现实是，无论是谁，都有逃不开的使命，躲不掉的责任。

有些人的家庭就是贫穷，父母年迈，下面有弟弟妹妹需要长姐抚养，这种时候，赚钱养家就成了她无法逃开的责任。你会觉得她不独立吗？即使她不美，身材不好，没有昂贵的衣服鞋子，甚至需要省吃俭用供养弟妹，但是你每次看见她，她永远衣着干净，眼神充满神采；她的小房子永远温馨整洁，即使再贫穷也从不依赖任何人……你觉得她不独立吗？你不会，你会敬佩她。

可是有些女性，看似极其符合现今的独立女性标准，可是为了夺得公司的高职位，不惜出卖身体；为了一个男人，不惜背叛友情；为了维持奢侈的生活，根本不管家中重病的亲人……

她们看似独立，实为自私。她们的所谓独立，都以伤害他人为代价。她们要的独立，不过是为了满足自己膨胀的欲望罢了。

然而如今越来越多人竟然赞同这种观点，甚至认为这是女权主义的真谛。

对于到底什么是女权运动的目的，我最喜欢的是艾玛·沃特森的回答："如果男性不必非要有野心，女性自然也不必非得被迫顺从。如果男性不必去控制，女性也不必被控制。这时我们就能看到两性和谐相处而不是互相对立了。我们应该停止为彼此定义。我们是谁？我们可以更自由，这就是 He For She 运动的意义所在。这是关于自由的运动。"

一些女权主义的极端者，不仅在歪曲女权主义的根本意义，甚至想要取缔男性在社会中的地位。如果你仔细思考一下，就会发现这是一件多么可笑的事情，她们一方面在嘶吼男女平等，而另一方面却又想要成为新的不平等的制造者。

但最令我讶异且失望的是，很多嘴里说着男女平等的女性，一面在宣扬男性的种种暴力行为，而另一面，却又依赖于男性的保护，说什么“我就是嫌弃你穷才和你分手啊”“我就要选择有钱人，这有错吗”之类的。这又何尝不是另一种对男性表示屈从的行为？

女权运动的根本目的是：让男性在工作和政治中严肃认真地看待女性；让男性在学术中可以客观地分析女性所做出的研究；让女性无论何时都可以接受和男性一样平等的教育……而想要做到这些，仅仅只有女性是不够的，必须要做到男性和女性的通力配合。

独立绝不等于自私，真正的独立是要求女性在做任何事时可以不依赖于任何人，在失去所有的时候可以勇敢面对，对于自己的定位不再只是妻子、母亲、女儿，而更应该知道自己是谁，更应该明白自己的价值……

而想要真正做到独立的前提是：规划你的生活。生活的目的不再只是逛街购物、买菜做饭或者整容整形。你的生活应该充满色彩，你的心里可以装得下这个世界，你可以优雅从容地面对所有磨难，可以踩着恨天高去做商业谈判，同时也可以卸去浓妆练练瑜伽。

我从未怀疑，一个真正独立的女性，她一定热爱她的生活，她的一言一行都显露着她所特有的魅力，她是充满智慧而又冷静克制的，她内心强大到即使再有权力的男性依旧视她为值得尊敬的对手或伙伴。

曾经听过一句话，觉得很有道理：亲爱的女孩，抱怨男人轻视你的同时请问问你自己，你把你的人生活成了什么样子？如果连你自己都轻视你自己，别人又为什么要尊重你？所以，在声嘶力竭地喊出女权至上之前，请坐下来，冷静地想一想，你尊重你自己吗？你接受你的性别吗？你为提升自己做出过什么吗？

如果你的答案是否定的，请你首先尊重自己。

女权主义从来都不是一句充满激情的空话，它是冷静、理智和克制的。

女权主义的蓝图是要为全世界的女性争取平等的政治权利、经济权利、社会权利，让所有女性脱离男性的不公平对待。它所希冀的是男女关系是平等且自由的，它所期盼的是女性不再是男性的附属品，它所倡导的是女性可以自由地发出自己的声音；而不是很多人宣扬的伪女权主义：你要自私，你只须为自己活着，男性几乎都是施暴者。

如果你歪曲了女权主义的本意，那么这就已经是在生产不公平，不要让女权成为你自私的借口。越来越多的人对于女权主义的滥用，导致很多时候男性也失去了他们应有的权利。

就像艾玛·沃特森说的："在女性得不到平等对待的同时，男性也在被性别歧视所禁锢。"

很多人一面宣扬他们所理解的女权，另一面却这般要求男性：他们必须一人独自担起养家的责任；他们所遭受的不公平的待遇被认为理所应当；他们被要求必须拒绝脆弱和平凡；他们被要求必须有钱不然就“你凭什么娶我”……难道这不也是对男性的一种禁锢吗？难道这不也是另外一种不平等吗？

当人们越来越关注女性权利时，却往往忽略了男性所应该得到的公平。更有一些极端者将女性所产生的痛苦、抑郁、刻薄等负面情绪的原因，全都归咎于男性，而公众似乎也更愿意相信这样的解释。

所以妻子主动离婚被认为是追求自由独立，却看不见丈夫在医院中重病缠身却无人照料的悲哀；女儿叛逆刻薄被认为是对权威的反抗，却看不见父亲拼命赚钱养家，奔波于酒席间的疲惫；姐姐不管一事无成的弟弟的死活被认为是人格独立，却看不见当年弟弟主动放弃学业，外出打工，供姐姐读书时的心酸；母亲不给出国读书的儿子学费被认为是望子成龙，却看不见儿子省吃俭用、勤工俭学，却依旧凑不够学费时的绝望……

当我们感叹那些可怜的女人遭受来自丈夫的言语或行为暴力时，几乎都把责任归咎于男性，好像都是男性的错：他没钱，他出轨，他不顾家……

但究竟是男权横行还是法治缺失，抑或是女性本身也存在一些问题呢？

当然，我今日并无意去纠结这个命题。

我所希望大众注意的是，当我们将太多个人的情感投放在社会问题上的时候，已经使我们对于问题本身的意义失去了判断和控制。

女权主义并不是女性任性自私的借口，它所关注的是这个世界对于女性的不公平待遇，无论教育、政治、经济还是情感，最终的目的是希望这个世界是符合我们的想象的美好而公平的世界。不要再歪曲女权所秉承的宗旨了，真正的女权从未宣扬过女性应该自私，从未宣扬过女性是弱者所以男性就应该承担更多责任，从未宣扬过要牺牲男性本应有的合法权利。真正的女权争取的是平等的政治权利、经济权利、社会权利，让所有女性脱离男性的不公平对待。仅此而已。

我们追求的是公平、平等、独立。而不是又衍生出一大堆畸形思想：我自私我有理，我是女性所以男性要承担更多社会、家庭责任，我是女性我漂亮所以你想追我就必须要很有钱很有权……

如此，只会造成更多不平等罢了。

不是所有的东西都能拿来算计

故事还要从春节的正月初八那天说起。

那天，向来不喜欢走亲戚的我还是在家人的软磨硬泡下换上了衣服，坐上车向一个远房表姑的家飞奔而去。到了之后，我们一家人受到了表姑一家人的热情招待。茶饭过后，大人们难免会坐下来拉拉家常，聊聊自家孩子的工作、婚事诸如此类的。

表姑有一个大女儿，也就是我表姐。

出落得十分漂亮的她一直是表姑家引以为傲的存在，所以那天话题也没少往她身上扯。

而那天刚好她也在家。在一片祥和的气氛里，大人们说到高兴时，大姐突然就问了表姐一句：

“你到底什么时候结婚啊，最近这个对你不是挺好的吗？”

表姐似嘲非嘲地回了句：“谁要和他结婚啊？我还能找到更好的呢。他对我好又不是我逼他的，我们迟早会分手的啦，现在只是还想他对我好多一阵子而已。”

说完，她的表情好似十分之骄傲，满脸散发着一股令人作呕的气息，仿佛在说：老娘这么漂亮，你就活该疼我，最后还要被我甩。

更不可理喻的是，这位远房表姑顺着她的话还说了句："可不是吗？我的妞要找就找最好的。"

果然，家庭的熏陶教育到底有多重要在这里就一目了然了。

坐在一旁的我怔了好一会儿，因为我直到那时候才看清楚这位远房表姐靓丽的躯干里面真实的面目。

之后不想破坏好气氛的我识趣地趁着朋友的一个电话逃离了表姑家。

在逃离这位远房表姑家的路上，我心想，大概这辈子我也不再想踏进他们家半步了吧。

当时我脑海里浮现的，全是我家人在去她家路上说的那些话——

"你这位表姐可幸福了，她男朋友给她买车又买房，说不定过完年就要结婚了呢。"

"可不是吗？她可是从小到大就被夸漂亮长大的，娇生惯养就没受过什么苦。"

我突然为她感到悲哀起来。

或许现在她这种价值观，就是因为从小到大在这样的家庭环境耳濡目染养成的吧。

如果有人说，男人贪图女人美貌，女人贪图男人钱财，没毛病啊。可在表姐的男朋友身上，我们看到更多的是他对表姐的满满的爱。他自己也长得一表人才，是不少女生心仪的对象。

可表姐一方面在他面前表现得很爱他似的，反过来却说出那样的话。

偶尔刷朋友圈看到她晒各种包包，去各种地方旅游，吃遍全天下美食，却唯独不见她男朋友半点身影时，我就有无数次冲动想打开她男朋友的微信，告诉他我这位远房表姐到底是怎样的女人。

可我最后还是忍住了，因为过年那会儿我看到过他眼神里对我表姐，全是爱意，那种眼神，是只有真正很喜欢很喜欢才会有的。

况且，我该怎么告诉他呢？

说我表姐就是为了在他身上多搜刮点钱？但我可以确定的一点是——

这么全心全意、单纯爱我表姐的他，最后一定会得到幸福的。

而我表姐，我不可预知。

“还能找到更好的，我们迟早会分手的，还不到时候而已，我还想他对我好多一阵而已。”

每当从女生嘴里直接或间接地听到这么一些言论时，我都会为她感到无比悲哀，也觉得无比恶心。似乎，我们身边有越来越多这样的姑娘，自恃有一副好脸蛋好身材，和一个男人在一起不是因为爱情而是把人家当一张长期饭票。

有人可能会说，“这是等价交换啊，你想要的是我漂亮的躯干，而我想要的，就是你的钱啊”。

如果你真这么想，那就当我什么也没说。

当你一面这么对待别人的深情，表现得无比喜欢人家，另一面却如此这般，我想，虚伪之人的人生最后也必定会被虚伪所环绕的。毕竟，我的世界观里，爱情要远比一辆车子和一栋房子值钱。因为，它是无价的，而你却拿它出来卖，不是所有的东西都能拿来算计的。

说到底，爱情不过是你披在身上美化自己的伪装罢了。

当你一面这么对待别人的深情，

表现得无比喜欢人家，

另一面却如此这般，

我想，虚伪之人的人生最后也必定会被虚伪所环绕的。

人贵有自知之明

有些男人，常以撩妹大神自居，却殊不知他一开口，就已被人家判了死刑。

● “下午去游泳了呀？快自拍几张照片给我看看。”

我一朋友钰怡，上个月初刚换了新工作。

钰怡上班第一天自我介绍时，就直截了当说自己有一个交往了三年多的男友，且感情一直很不错。而且钰怡上班不到半个月，她男朋友就几乎送她上班送了半个月。

但她办公室里，有一男的，且称他为A男吧，超级自恋超级自以为是还超级不顾及别人感受。钰怡上班第二天，他就对着全办公室的人说喜欢钰怡，从今天起他就要对钰怡展开猛烈的追求攻势，让钰怡颇感难堪。在钰怡三番五次明确表明不可能、且希望他不要再以此事骚扰她之后，A男依然每天短信、微信，甚至三更半夜打个电话“问候”一下钰怡。但这还算轻的。

昨天钰怡和她男朋友去游泳后，仅仅在朋友圈发了条文字状态：

这种天气，逼旱鸭子下了次水。

之后那个A男就在微信里对她狂轰滥炸：下午去游泳了呀？快拍几张秀色可餐的照片来看看。只要看到你的照片我荷尔蒙都爆炸了。以后我带你去更好玩的地方游泳好不好？我朋友开了家游泳馆，我去了就给我打五折呢，而且游泳设备什么的都是我们市里最好的哦。

……

我相信只要是正常人，都会十分反感一个男人这么和自己聊天。

要注意了，钰怡上班第一天，就明确表示了自己有男朋友，她男朋友在那半个月里也经常送她上班。

钰怡三番五次拒绝过A男，并希望他以后不要在此事上做过多的纠缠。可A男的行径简直令人发指，不仅没有丝毫收敛，还变本加厉了。最后，钰怡忍无可忍，只能拉黑了他一了百了。

● “这张照片是你吗？我好像喜欢上你了，和我在一起吧。”

有一次，一哥们儿找我，希望我给他介绍个女生认识认识。

于是我就在征求一单身女性朋友的同意后，将她的微信名片发给了那哥们儿。

我以为，我的光荣使命算是完成了。

我那哥们儿刚加人家，在她朋友圈里翻了几张他觉得好看的照片，然后就屁颠屁颠发给人家，说道：这几张照片，哪个女生是你啊？怎么办，我都觉得好漂亮啊，我好像喜欢上你了，我们在一起试试好不好？

也是醉了，接触几分钟都不到，看了几张照片，甚至还没确定哪张照片是她的，就恬不知耻说喜欢上人家了，还想和人家交往试试。

之后，那姑娘毫不客气地对我说：“你以后可千万别给我介绍这种奇葩了，我还想多活几年呢。”

● “喂，女神也不必这么高冷吧。你怎么回事啊，好歹回复一个吧。”

有些男的，刚刚认识人家，甚至连她的全名都还不清楚，就感觉那女孩，对他有了不可推却的责任一般。

没及时回信息就说高冷，不回信息就骂人家装。

小姜就对我们说过她遇到过的一奇葩，刚认识两三天，三更半夜来找小姜聊天（骚扰），更可恨的是，只要超过一小时没回复他，就对你施行微信短信 QQ 全方位 360 度无死角的轰炸：

怎么不回复我？

在忙？

我说错什么话了吗？

我喜欢你才这么在乎你回不回我信息的。

是不是我哪里让你讨厌了？

我改还不行吗？

再忙也给我回个话好不好？

就你高冷是吗？好歹回一个吧。

……

疯了。

真不知这些男人说这些话时，有没有认真思考过一个问题，那就是：她根本还不是你女朋友，甚至连普通朋友都不算啊。就算是男女朋友关系，也会把人逼疯的。

再者，说话能不能稍微有点水平？不要总是用“在吗，在不在”之类的废话，来彰显你肚子里到底装了多少墨水？

●“我们还没那么熟，黄色笑话能不能少一点？”

有些男人，总以为自己讲的低俗黄色笑话，能把正在“撩”的女生逗得哈哈大笑或面露羞涩之情。

拜托，就算是男女朋友关系，当对方没有回应你的低俗黄色笑话时，你也应该见好就收啊。何况你们还没那么熟，何况你们根本不是什么男女朋友关系！

有一句话是这么说的：不回应你的低俗黄色笑话是为了让你见好就收，不是装清纯装羞涩装懵懂，而是非男朋友讲的黄段子都是在耍流氓。

而有的人为了表现自己，甚至在大庭广众之下大侃黄段子。

去年我在一家公司实习，一男的就整天在他喜欢的女生面前使尽浑身解数，当着我们的面讲黄段子，自以为把那女孩撩得不要不要的。哪知实习一结束，那女生就第一时间删了他的微信。

●“你不是撩妹，你是在性骚扰！！”

其实，聊天最重要的就是真诚二字。

可就是有些人，还没接触，看了照片就想在一起；才刚认识不久就表白，一拒绝就消失；已经没回应你的黄色笑话了，还一直说说说；有事没回TA信息时，就说你高冷装逼。

……

先生，请问你是有多饥渴？

你哪里是在撩妹，你明明就是在性骚扰好吗！

我妹妹寒假时跟我说，她去参加同学聚会，加了一男的微信，聚会结束后那男的就在微信里问她：“看你朋友圈没有自拍，你手机里有没有啊？”

我妹说：“呃……没有欸，怎么了？”

那男的立刻回了一句：“哦，没有啊，那就现在拍一张啊。”

呵呵，拍了一百张也不会给你看。要知道，真正的幽默风趣，是能潜移默化增进你与他人关系的艺术。

如果你做不到，那真的真的没关系。

少点狂妄自大，多点真诚便好。

你很好，都是我不好

01

下午和一群死党去喝下午茶。

其间我们聊到这样一个话题：说说你分手时，最讨厌对方说的一句话。

原本还有些沉闷的气氛立刻热闹了起来，大家除了分享自己最讨厌前任分手时说的一句话外，还都七嘴八舌地吐槽起前任种种奇葩的分手理由。

有人说和她刚在一起不到一个月的前男友跟她说自己母亲生重病住院了，为了不气她老人家，所以要接受他妈给他安排的相亲对象，可分手第二天她在珠江新城的一家奢侈品专卖店里看到他老妈在扫货。

还有人说和他在一起整整 5 年的前女友突然有一天说自己体检时，发现自己不能怀孕所以不能拖累他，我这男性朋友跟她说没事，没孩子也不要紧，大不了抱养，而且现在科技越来越发达了，以后还能怀上也说不定呢，可她还是决定跟他分手，而过了不到两个月后他听别人说她结婚了，还怀孕了。

……

虽然每个人吐槽起前任来各种奇葩都有，但难得的是，聚会里的 12 个男女，居然有 10 个人（包括我自己）最讨厌前任分手时说的一句话都是："你很好，都是我不好，你值得拥有更好的。"

说实话，分手时听到对方说"你很好"这三个字时别提有多恶心了。

对我而言，这三个字在分手时说出来要比对方说任何一句话都令人讨厌和反胃。

好好说一句"我没感觉了"有那么困难吗？

02

我有一个认识了快 10 年的女性朋友，她活得很潇洒，也从来没和前任死死纠缠过。

在她的世界里，爱就是爱，有感觉就是有感觉；而不爱就是不爱，没感觉就是没感觉。

爱的时候全身心投入，不爱的时候转头就走。

我曾问过她："你那么好，看性格又那么开朗，所以分手时那些男生应该多多少少会挽留和纠缠你吧？"

她的回答干脆利落："对啊，他们会纠缠会挽回，但只要当我已经对他没感觉时，我会直截了当跟他说自己没感觉了，感情的事情勉强不来。我从不会给他们留下什么希望，比如'你很好''是我配不上你'之类的话。

“再者，我在每一段感情里都从不会无缘无故地收对方贵重的财物，当对方买了贵重的生日礼物给我时，我也一定会送给他一份旗鼓相当的礼物。

“只要把感情和物质上的事情挑利落了，就算他挽回纠缠也不会对你做出太过火的事情了。”

对啊，她的话看似很犀利伤人，但只要稍加思索就能发现——她的分手方式才是最好的，无论是对自己还是对他人。正因为把话说得清清楚楚，在分手时既不把自己当好人，也不把自己当坏人，而是和对方说清楚：很抱歉，我就是没感觉了，感情这事勉强不了。

很多人可能都以为类似“你很好，但我配不上你”这样的话是个委婉、给对方留情面的分手说辞。

大错特错！

你这样做不仅从侧面狠狠地羞辱了对方一番，还“虚无缥缈”又“正大光明”地给自己立了个牌坊。

03

有人可能会问，那为什么“你很好，但我们不合适”“你很好，但我不配，你值得拥有更好的”诸如此类的话那么让人讨厌呢？

我个人觉得，是因为你说这句话时显得你“表里不一”的那种虚伪恶心到了对方。

“我真要有你口里说的那么好，你还会和我说分手？”

因此当你说“你很好，是我配不上你”“你很好，你会遇到更好的”诸如此类的话时，只要对方真心爱过你，都会听出一种特别的讽刺意味来。

“你很好”——是你选择离开我的理由，这到底是在讽刺你自己，还是在讽刺我呢？

我在你口中已经都那么好，但你还是不能继续和我在一起，不就明摆着透露出这么一层意思吗——“你很好，但你还没好到是我的菜的地步，我还值得拥有比你更好的。”

所以，永远别想在感情的世界里充当老好人。

爱就是爱，不爱就是不爱，别把自己在分手时的形象都拔得那么高大，这不是高大，而是虚伪，是对你曾经爱过的人最狠毒的一次暴击。

蔡康永就曾说：“要分手就分手吧，不用说什么我配不上你这种话，我们又不是手机和充电器。”

所以如果你不爱了，想分手了，千万别说那些话最后再羞辱、恶心我一次了。

你只要干脆利落说清楚了，那么就算我再舍不得，也会选择放手，毕竟，我真的不会永远都不要脸。

旅行最能检验一个人的品行

我经常在微博上收到一些读者这样的感情困惑——

“小安，我该如何判断他到底爱不爱我啊？”

“小安，我又该怎样才能经营和维持一段美好且长久的爱情呢？”

其实，世界上所有美好的爱情，都有其相通之处，而世界上所有破裂了的感情，也都必然有其相似之处。

前段时间我微博又收到这样一则私信：

小安，我最近快崩溃了，我觉得自己快撑不下去了，不知道你能不能看到，如果再不说出来我真的可能会自杀的，就当你是个树洞吧。

上个月我自己一个人偷偷请了一个星期的假，去打了胎。和我在一起快两年的他问也不问，更别说关心了。自从他知道我怀孕后，便像人间蒸发了一样，不见踪影。以前他一直说他工作很忙，说他自己正处在上升期，所以一直没时间陪我逛街，也几乎不带我去认识他的亲朋好友，就更别说带我出去旅游了。

我以前也理解他，虽然自己一直都很喜欢旅行，也很想和他一起出去走走，有一个完全属于我们的二人世界，但想到他也许真的很忙、不太喜欢旅行，也只得作罢了。而且这两年来他几乎没给我买过东西，就更别说节日礼物了。

现在我才恍悟，原来这两年来，他从来没有在乎过我。我该怎么办啊？自己偷偷打了胎也不敢告诉任何人。感觉未来再也不敢相信爱情了。

我很想说一大堆的话去安慰她，却又深感无力，因为她自己现在其实也都知道那个男人根本就不爱她啊。所以多说无益，大道理谁都懂，我只能劝她一定要好好休养身体。

其实很多姑娘都这样，一谈恋爱就头脑发热，很多时候其实你都知道他是根本不爱你的，但还是如此执迷不悟，甚至还幻想着能用自己的那颗圣母之心去感化他。而最后的你，不仅得不到那份你渴望已久的爱情，还把自己的身体也搭了进去。

那么，好的爱情到底是怎样的呢？

或许我那个人生大赢家、谈了 12 年恋爱，现在也有了两个可爱宝宝的朋友阿康，最能诠释这个问题了。

××××××××

就在上个周末，阿康突然打电话给我："我和你嫂子在杭州玩了快一个星期了，后天打算回去，你要不要什么特产，我帮你带。"

这一个星期以来，我已经在朋友圈被他俩的恩爱旅行虐得不要不要的了。他现在终于良心发现了！居然也会想起要给他的好朋友带份特产了。

所以我当然毫不客气说了一大堆我想吃的、想玩的，但却还是在快挂电话那会儿被他狠狠虐了一把："好哦，没问题。但你嫂子说了，只能带10斤以内的，不然要爆仓，就带不了。还有，是你嫂子让我打电话问你要不要特产的哦。"

单身狗。

啐！

不过我内心其实还是真心羡慕、也祝福阿康和嫂子的。

12年的恋爱长跑到如今结婚，他们在一起已经整整16年了啊，还有了两个超可爱的娃娃。

但其实当时我们都不看好异地恋的他们，觉得折腾不了多久便会分道扬镳，可没想到，当初我们几个哥们儿谈恋爱都说好要不离不弃的，但最后剩下的却只有阿康和嫂子这一对了。

而如果你要问——"到底是什么让他们一直坚持了下来？"我想，大概那数不清的车票飞机票和他们在一个个旅游景点留下的恩爱合影，能给出答案。

他俩异地七年，同城五年，结婚四年，但无论哪一个阶段，世界各地好玩的地方，都留有他俩恩爱的足迹。更变态的是，这16年以来，他俩相互给对方买衣服、买鞋子，而且时刻都关注到了对方三围尺寸和身体的微妙变化！还记得四年前，2012年1月8日，在阿康和嫂子的恋爱纪念日上，他俩终于结婚了。

婚礼现场，阿康说了这么一句话，让人感觉又搞笑又感动。

他是这么对嫂子说的——

“小喆，谢谢你这12年，陪我去了那么那么多的地方。很多人也都问我，你们俩每年都去旅游，就不会腻吗？睡也都睡腻了吧。但现在我只想和你说，我所能想到的最最浪漫的事，除了想和你睡一辈子的觉，就是给你买好多好多的东西，和你去走很长很长的路，看很多很多的风景了。你，愿意吗？”

对啊，到底什么才算是好的爱情呢？

大概也就是：想和你睡觉，但更想和你一起去走很长很长的路，看很多很多的风景，给你买很多很多的东西。真正爱你的人啊，一定会心甘情愿为你付出，即使没很多钱，这一辈子也会想给你买很多很多的东西，会想和你走很长很长的路，看很多很多的风景，睡好多好多的觉。

三毛曾这么说过：“爱情，如果不落实到穿衣、吃饭、数钱、睡觉这些实实在在的生活里去，是不容易天长地久的。”

钱钟书在《围城》里更这么说道：“旅行最检验得出一个人的品行。旅行时最劳顿麻烦，叫人本性毕现。经过长期苦旅行而彼此不讨厌的人，才可结交做朋友。结婚以后的蜜月旅行是次序颠倒的，应该先旅行一个月，一个月舟车仆仆以后，双方还没有彼此看破，彼此厌恶，还要维持原来的婚约，这种夫妇保证不会离婚。”

所以，经历了无数次旅行后，如果你们还相爱的话，大概他就是你的真命天子了。

PART 4

你想过好这一生，世界都会为你让路

经济独立了，你才能远离直男癌

和好久不见的黎洋见了一面。

我问她："国庆过得怎么样？"

她撇了撇嘴，跟我聊起了她在国庆遇到的奇葩事：

"小安，你永远不会知道直男癌有多恐怖，即使在经过了那么多年现代教育熏陶的背景之下。"

之后，黎洋把她的故事向我缓缓道来。

以下内容对黎洋的话虽有删减，但无伤大碍。

上个周末，我男朋友对我说："你要是出现在我老同学聚会上，那可就给我长脸了。"熬不过他的软磨硬泡以及甜言蜜语，我答应了。

聚会一开始大家都有说有笑，但真的应了那句话：酒后吐真言。

× × × × × × × × ×

男朋友他们这帮老同学七年多没聚过了，大家都喝得有点多。桌上啤酒肚已经成形、事业还算有成的老 A 先嚷嚷道：“你们说说，现在的女人怎么一个都比一个骚，我的条件还算不错吧？奋斗了那么多年不就是为了娶个贤惠的老婆吗？但你们知道吗？我上个月谈了个女朋友，长得还不赖，都见家长了，所以就说同居试试吧，可她居然不是处，后来才知道她之前谈过好几个男朋友呢！长得还挺单纯，却是个骚货！我这个身份怎么可能要她呢？不要脸。”

老 A 喝得快不行了，根本没有注意到他说出这些话的时候，桌上女生的脸早已经拉下了一大半。

物以类聚，人以群分，说得一点也没错。

紧接着在政府谋得一份好差事的老陈，扬扬得意地接话道：“哈哈哈，谁叫你老 A 不早点找一个啊，现在的女人真的是越来越不行了，我老婆就不同，结婚前那可是干净得很呢！”说完还得意地狠狠抱了抱他身边早已尴尬得不行的老婆。“还好我女朋友之前是处的呢，现在的女人真的越来越不行了，可要擦亮我们的火眼金睛。”旁边一寸头男满脸通红地接茬儿道。

注意到我脸色难看，我男朋友赶紧说了句：

“嗨嗨！都什么年代了，还在乎这个，来来来，大家今天好不容易聚在一起，多吃菜喝汤，酒喝太多对胃可不好啊！”

“可不能这么说，女人要懂得自爱才是啊，不然和小三有什么区别？”靠着他父母留下的几套房产啃老的老 C 对我男朋友说道。然后笑嘻嘻地转向我：“老周（我男朋友）的女人，你说是吧，一

为了家庭有所牺牲在所难免，

但这绝不是你放弃自我发展、自我提升的理由。

因此，女人一定要努力实现经济独立，

一定要掌握和提升自己的生存技能。

看就知道你们还没那个呢吧？真单纯！”说完便哈哈大笑起来。

一个看不过的某家属女性朋友嗔怪道：

“你们男人呢，多少在外面玩的？还好意思说呢。”但她话音刚落，就被她身边的男人喝道：“男人说话女人插什么嘴！”然后就给了老婆一巴掌。

……

实在忍受不了现场气氛的我先离了场，留下尴尬得不知如何自处的男朋友陪他们继续换场喝酒唱歌去了。

我简直不敢相信，经过了那么多年“人人生来平等”教育的他们，直男癌能严重到这种地步，要是我男朋友这样，早就分了。

后来才知道，原来男朋友那几个直男癌老同学，都仗着有钱有势，一副大男人主义不可一世的样子，更可恶的是，他们都控

制着他们老婆的经济命脉，所以就算他们在外面花天酒地，跟着他们的女人也不敢吭声。

××××××××××

听完黎洋的经历，我想起了去年刚离婚的表姐。

她因为没能考上大学，所以早早就结了婚，又因为夫家强势要求，所以一直都在家里相夫教子。

好吧，那相夫教子也没什么，德国绝大部分家庭的夫妻生了孩子后都有一方辞职专心打理家务的。

但她婆家在她超生生完了第三个女儿之后仍然放言：继续给我生，我们家大业大，以后怎么可能交给女人呢？

可是，连续生了好几胎的表姐，之后怎么怀也怀不上。

最后她老公竟然说：

“你再怀不上我们就离婚吧，又不是我的问题，是你身体的问题，我会给足赡养费，女儿给你带，我不要。”呵呵，简直比电视剧剧情还要狗血。然后我表姐就被扫地出门了，但做了八年多家庭主妇的她，几乎完全丧失了独立生活的能力。现在我表姐带着三个女儿，别提有多凄惨。

之所以现在还有那么多女人，不得不忍受她丈夫或者男朋友种种不可理喻的直男癌表现，就是因为她们没能实现经济上的独立，而一时的经济命脉被控制了也都还没什么，更要命的是女人恋爱或结婚后失去了自我谋生、发展的能力。为了家庭有所牺牲在所难免，但这绝不是你放弃自我发展、自我提升的理由。

因此，女人一定要努力实现经济独立，一定要掌握和提升自己的生存技能。有句话说得好：“靠谁都不如靠自己。”只有经济独立了，才有底气远离直男癌，才能更好地去谈爱情和家庭。

你不努力，怎么配得上努力的他

陆师兄昨晚和女朋友又分手了，但这次是彻底的。

可以看得出他有多颓废，前几天和他女友闹分手那会儿还特地从他工作单位跑回学校来找我还有另一位师弟叙旧聊天（喝酒买醉），而昨晚在群里和我们说了这次应该是彻底分手后，更是在朋友圈里抱怨频频，说什么“都让它去吧，社会就是现实啊，呵呵”。或者“凡事都别太认真，撸几盘再说，今晚就撸它个天昏地暗”。更有甚者：“老子就破罐子破摔怎么了，老子就是累了不想干了。”

陆师兄和他女朋友的事情我们向来都比较清楚，他女朋友是我们隔壁某名校的，据说当年是高分考进去的。

陆师兄当初在学校部门带我们时，经常得意地向我们“炫耀”他这个学渣是如何追到白富美兼学霸的，学校部门有活动时他偶尔也会带他女朋友一起来玩。大学四年加上工作将近一年，他们在一起近五年了。

在大学这个恋爱和分手齐飞的地方，陆师兄和他女朋友能坚持近五年，实属不易。

我们也都经常调侃师兄何时能请我们吃喜糖，但如今他们却彻底地分手了。他们之前就闹过好几次分手，但最后又好回去了。

陆师兄每次复合后，都会在我们的“死党群”里向我们保证：以后一定努力工作，绝不三天打鱼两天晒网，绝不会因为通宵达旦打游戏而影响了第二天的工作，游戏时间控制在每天最多 2 小时……

但，似乎真应了那句话：江山易改，秉性难移。

陆师兄每次保证不久后都会“痼疾复发”，毕业快一年了，工作就已经换了四份，其中三份还是他家人帮忙托关系找的，每次辞职陆师兄都会抱怨说工资低还不许他玩游戏，“老子就是不干了！”几乎从不自我反省。

相反，再来看看他女朋友，和他一起毕业找工作的，现在工作转正了不说还是她们部门的部组长，陆师兄还和我们说过他女朋友（现在应该说是前女友）已经在一边工作一边准备考研了，但他自己似乎完全没有要和师姐齐头并进的念头。

唉！其实我们都相信，师姐是真心爱着陆师兄的，每次她来我们学校和陆师兄一起参加我们的部门聚会，我们都能看到她眼里对师兄流露出的满满的爱意。但我们也知道，在师兄大三、大四那两年，师姐就因为他整天没完没了玩游戏而闹过分手，师姐希望陆师兄能上进一点，别到毕业的时候连学位证都拿不到。但每次师兄对师姐保证了一定会改正后，总会旧疾复发，有时还大方地以学渣自我调侃。

可能在大学里因为还没出校门，师姐还能忍受师兄这种得过且过的性格，所以问题也就一直都没有爆发出来。但工作后，他们各自的世界都发生了天翻地覆的变化，不仅是从外部获取到的物质条件差异日益显著，就连价值观的差异也越来越大，这也是最糟糕和致命的。

试问一个人本来就很优秀且在不断进步，工作不错却还在一边工作一边准备考研，而另一个人却自甘堕落甚至还以此为荣，在别人的屡次劝告下也不能有所改进，那么，就算当初再深爱着彼此，长此以往，两个人也不免渐行渐远、分道扬镳吧。

一段感情里，如果只靠着一开始的相互钦慕，是很难长久维持下去的。如果两个人不能一起努力，共同进步，那么随着时间的推移，两个人对很多事物的看法肯定也会越来越大，也就是两个人的价值观早已到了不可调和的地步了。到这时候，一段感情基本也就维持不下去了。

共同进步在一段感情中到底有多重要?

这几乎决定了一段关系的生死存亡。

不是说共同进步就要两个人都必须挣同样多的钱，而是至少彼此的思想层次能维持在相似的频道上。

聊得来到底有多重要？两个人如果在生活、学习和工作上几乎都没了共同语言，那么这段感情还能维持下去吗？而想要聊得来，就必须要彼此努力，共同进步。

一个整天通宵达旦玩游戏的人和另一个努力进取、不断吸收新知识的人终究是走不下去的。

很多人都说，等我足够优秀了，爱我的人自然会来。这自然没错，但我想再补上一句：

两个人相爱后，请千万别忘了继续努力、共同进步，不单单是物质条件上的共同努力，更重要也是更要命的是思想层次上的。

很多相爱的人最后分开了就是因为没能共同进步而导致思想上的巨大差异，无法调和适应不了彼此了才分开的。爱情有了还不够，还要继续努力、共同进步才能细水长流。

你总不能逼着一个与你完全没共鸣、风马牛不相及的人陪你生活一辈子吧？

原则和自尊是决不能丢掉的

过年的一个聚会上，于欣带来了她那位我们早已久仰大名的男朋友。

真人确实看起来甚至要比于欣平时在她朋友圈里发的还要帅，所谓“第一印象很重要”，没人会不喜欢帅哥。所以我们一开始对他的印象很不错。

但在之后的聚会上，我们发现于欣在他面前不是温柔可爱的“小女人”，而更像是一个畏畏缩缩、生怕做错事的女仆，顿时感到十分惊诧。

她男朋友虽然第一次见我们，但却表现得比做东的主人还要不客气，很有一种居高临下、不太看得起我们的意思。

于欣虽没有倾国倾城貌，但身材高挑，性格平和，皮肤白皙，在我们这里有“小林志玲”的美称。她恋爱之前也一直不乏一些很优秀的追求者。但聚会上的于欣,完全没了平时不卑不亢的作风。

“怎么那么没眼力见儿，没看到大家杯里都没酒了吗？赶紧地倒上！”酒桌上他对于欣颇为“颐指气使”，把她当女仆一般使唤。我们都看不下去了，但于欣生怕她男朋友不开心，随便他怎么使唤。

更可恶的是，在聚会中途，于欣男朋友出去接了个电话，然后回来就对于欣说：“我有一个快递，挺重要的，待会儿就要用到，你赶紧去帮我取来，我继续和大家喝酒。”注意了，他的语气不是商量，而是命令。

聚会结束后，有几个女生问了于欣他是不是私底下也这样。于欣尴尬地说：“还好啦，他大男人主义一些，时间久了以后，会慢慢对我好的。”

才怪咧。

自从那次聚会后，其实我们都曾私下隐晦地告诉于欣，无论什么时候，爱情里保持必要的平等非常重要，可以做“小女人”，但千万别做任人捏的软柿子。

可于欣却坚定地以为，只要自己一直对他好，他会被感动的，慢慢地也会对她好。

唉，这就是恋爱中的女人啊！

之后有几次于欣带她男朋友来和我们玩，和第一次没啥区别，或者说更加得寸进尺了。

似乎于欣的整个世界都要围着他转，却完全看不到他对于欣的疼爱和怜惜。海归就那么了不起吗？家族有点势力就可以这样把自己的女友当女仆吗？无力吐槽。可那时于欣太过投入了，完全听不进我们的好心劝告。

我们有的，只能是默默祈祷和祝福了。可祈祷和祝福往往并不怎么灵验。

上周四晚上，于欣被他打了，额头上缝了两针。

我们去看她时，真的不敢相信眼前的于欣就是曾经被无数优质男追求的“小林志玲”。曾经不卑不亢，浑身散发出现代自由女性风采的于欣，仅仅和那个男人交往几个月，就变成这般模样。那男的打于欣的理由也很奇葩：他爸爸生病住院了，于欣下班后急急忙忙赶着去看望问候，却忘了买花。之后他就一直抱怨于欣怎么那么不懂事。

于欣一个劲儿地道歉，可没想到他更得寸进尺了，先是扇了于欣两巴掌，之后就是狠狠地一推，把于欣推向了尖锐的墙角。

他给于欣买过花吗？没有。

就在昨晚，于欣终于下定了决心离开他。

她说：“虽然晚了点，但还好明白过来了，之前我对他这般忍让，也是因为我有一点虚荣心，毕竟他长得帅，家境好，还有留学经历，以为他的大男人主义会慢慢随着相处的深入变好，我想得太简单了，以后谈恋爱，再不会这般无原则地忍让和妥协了。”

对啊，即使对方在别人眼里再怎么优秀，家境再怎么好。只要对你不好，你都不能丢掉自尊对他无止境地俯首帖耳。没有原则、放弃自尊的付出和无止境的忍让，无论男女，在恋爱时都绝不能做。

一段正常的恋爱关系里，没有谁是谁的男 / 女仆。别以为，你对他无条件地好和忍让，最终就能换来他的“幡然醒悟”。

恰恰相反，他只会更得寸进尺，打心底里更瞧不上你。

记住，你们可都是爹生娘养的，你可没那么廉价，你不是女仆。保持独立、自尊自强吧，你一定会遇到那份“势均力敌”的爱情的。

恋爱里既掉价又惹人心疼的六种行为

一、不论对错，无条件地对他好。

在爱情里，特别是男方作为较强势一方时，很多女生都容易掉进一个怪圈，那就是没有条件、没有原则地对他好。

有一位姑娘在微博里找我聊天，她说，男方各方面条件都很好，和他在一起自己觉得配不上他，所以他连续出轨好几次，自己虽然都快心如死灰了，但最后还是选择了原谅，选择了继续对他更好。

她给我印象最深刻的一句话便是："我只要一直一直对他那么好，他终究会好好珍惜我的吧。"

恰恰相反，一段感情里如果你丢了自己的原则，不仅会显得自己很掉价，还会把对方越推越远。

二、为了他，放弃了自己的兴趣和事业。

很多女生在恋爱时，特别是在热恋期，很容易就迷失甚至放弃了自己。

表现多为——

- 放弃原本一直坚持的兴趣；
- 刻意减少本该正常的社交；
- 甚至开始放弃自己的事业。

都说女人现实，其实男人有时候更现实。

当他发现你的生活里似乎除了他，在其他领域都一片空白时，你也就逐渐失去了对他的吸引力。

很多人不明白，不是说在爱情里对他一心一意就好了吗？确实，爱情里的忠贞很重要，但这真的不代表你硬要放弃自己的兴趣爱好、放弃正常的社交、放弃自己独立的事业。

无论男女，只有本身更具价值了，魅力方能历久弥新。

三、有稳定的感情，还暧昧不断。

这一点，无论男女，都显得异常掉价。

有人总觉得,这样才显得我“魅力无穷”啊。呵呵。在感情里，只有内心深处不自信的人才会不断通过暧昧，甚至用脚踏两只船来证明自己的魅力。

还有人觉得这样会给男方“压迫感”和“危机感”，其实，真正有魅力的女人根本不需要这样来证明自己。

四、他不接电话不回信息，你就电话信息连环轰。

这一点，最容易暴露你强烈的需求感。

其实一个人不回你信息不接你电话，原因无非几点——

- 他真的有事分不开身；
- 他还不知如何答复你；
- 他欲擒故纵，老司机；
- 他真的不那么在乎你。

无论原因是哪一点，你都不应该电话、信息轰炸。因为如果哪怕他有那么一点点在乎你，那么他最终会回你电话、短信，而不会让你等那么久。而那些不在乎你的男人，你越是这般紧追猛打，只会越让他觉得你这个人好廉价。

五、没礼貌、没教养，还当成个性。

你抽烟喝酒文身化浓妆，这些都没什么。

但有些女生却错把没礼貌、没教养也当成一种个性。

这不仅在爱情里，在其他任何关系中，都会使你瞬间跌份儿、掉价儿。

六、拼了命维护自己权利，却不要脸地推卸自己应尽的义务。

当谈到权利时，这类姑娘总会把女权、男女平等拿来说事。可当遇到本应一起承担的义务时，她们的口头禅永远大概就那么几句——

- “你还是不是男人啊？”
- “这都做不好，我还要你干吗？”
- “男人付出女人享受，这天经地义的啊。”

爱情里永远都是两个人的事，是相互的。

爱你的人也需要被你爱，在意你的人也需要被你在意，对你好的人也需要得到你的好。

而你要相信的是，这世上没有人会无条件对你好，即使那些对你好的人看起来真的很温柔。

这类女人无论长得多漂亮，长此以往，再有耐心的男人也会被越推越远。

不过因为长得漂亮，这类女人年轻时身边一般都不缺追求者，可一般也拥有不了太过长久的感情。

其实无论男女——

当你失去了自己

当你把愚昧当真知

当你错把无知当个性

当你没有了自己的生活

当你把对方当成了全世界

当你把粗鲁、作恶当真性情

……

那么这时候的你，如果不改变，就只能永远既掉价儿又令人心疼。

你应该炼就一双火眼金睛

这周一下午 3 点左右，C 难得地给我发了条微信："在吗？我不知道该怎么办好了。"

看到信息后我赶紧问道："怎么了？别急。"

她是一个不会怎么和别人诉苦的人，在她谈恋爱后就显得更加神秘了。电话打通后，沉默良久。

"我怀孕了。"

"啊？"

"你以为我在开玩笑吧？昨天去医院检查确认的。我当时都吓哭了，更让我寒心的是，得知确定结果后，他的态度立马 360 度大转弯，出了医院之后，不但没有安慰我，还像个陌生人一样把我甩在后面。之后，我问他怎么办。他说：'我怎么知道？当初叫你记得吃 × 婷啊，你怎么这么不听话？'然后就扔下我一个人走了。"

"你们不戴套？你真的没吃吗？"说出这句话后我感到有些冒昧，于是改口问道，"你也别太伤心了，事已至此，好好和他商量怎么解决吧，你总不能告诉你爸妈吧？"

“我吃了，不戴……那个，是他一直坚持的。我也不知道吃了药还会发生这种事啊。我想和他好好商量怎么解决，但他现在电话不接，去找他时他朋友又说他不在，出去了。他就是在躲着我。”

“那你现在怎么办？”

“我想先找个理由请一个月的假，然后租个房子，偷偷去打胎，我死也不敢让我爸妈知道，不然我就没法回家了。”

“嗯。”

“嗯。但我钱不够，你能借点给我吗？”

“好。”

“谢谢，我一定尽快还你。”

“不急，你先处理好这事，然后，真的，离开他吧，他不爱你。”

……

其实我们都不太了解C的男朋友，只在一次她的生日聚会上远远瞧过一眼，长得还行吧，是很多女生喜欢的帅哥类型。但当晚据说他有事就先走了，弄得C一整晚都闷闷不乐。我们也从没有在朋友圈里看过C秀过恩爱。

我们八卦问她，她则羞涩地说道：“他这个人不喜欢张扬，他说真正相爱的人是不需要‘秀的’，他也说就因为我安静不张扬的性格所以才喜欢我呢。”

当初说这话的C满脸的甜蜜。只是后来可能真的验证了那句：任何没有公开的恋情，都是在给其他人留机会。

我们从来没有在任何节日里看到过C的男朋友给她送什么礼物。只是，每逢节假日，C一般都是和他在一起。后来我才知道，那些节假日里，他们几乎都是在宾馆里度过的。

借钱给C后的第三天，她给我来了个电话。那是我们认识以来谈话最久的一次。我也得以更加了解了他们那段不太算恋爱的感情经历。

总的来说，C的前男友其实没有多爱她，更多的只是一种大男人主义的占有欲罢了：他只想和C上床。

都说恋爱中的女人智商几乎为零，一点也没有错。

C几乎完全被她前男友所掌控。他说他不喜欢张扬，C就乖乖听话，还真以为他是那种高冷有原则的男神；C几次发现他和其他女生暧昧，但被他哄了几句就全然没事了，还真以为他是那种被很多女生倒追却只喜欢她一个人的暖男；甚至每次在宾馆那个，因为他不喜欢戴套，C也觉得理所当然，乖乖地在每次完事之后吃避孕药。

对，这就是恋爱中的C，比电视剧剧情还要狗血。明眼人一眼就能判断的感情，C却整整困在里面将近一年。直至C即使吃了避孕药还是不小心怀孕之后，直至那个男人对她不仅没有半句安慰和道歉之后……她才明白：

原来他真的不爱我。

原来他真的只想和我上床罢了。

其实现实中有太多这样的女孩，她们总以为自己遇到的是真爱，遍体鳞伤后才顿觉自己不过是别人一枚聊以解闷的棋子罢了。

这些女孩内心往往都很渴望被爱，所以遇到一个对她稍微好点的男生，就以为遇到了真爱，把他当作救命稻草般紧紧抓在手里，生怕他被拐走了。为了维持这段关系，她们一般都处于弱势的一方，她们处处忍让，万般努力地去了解、接受对方许多不合理甚至不可理喻的要求。

她们以为这就是爱情。但殊不知，她们在一开始就输掉了这段感情。要知道，所有极其不平等的感情最后终将以悲剧收场。

他撩你，不代表他喜欢你。

嗯，因为他可能只是想和你上床。

这样的男人一般都不会在社交网络上公开和你的关系，还可能用什么低调、不张扬的所谓美德去迷惑你；他一般也不会送你太贵重的礼物，甚至根本就没有礼物，但他巧舌如簧，撩妹技能更是++++，总能把你弄得服服帖帖的；他更不会向你求婚，或者带你去见家长……

总之，在他的口里：他就是爱你的，爱到骨子里去了；但他现在还不太适合公开你们的关系，也还没能力给你太多物质；但，他是真的很爱你啊。

他给了你所谓思想上的爱，却不断向你索取，甚至把你榨干：我是爱你的所以和我上床吧；我是爱你的所以你要理解我，好好对我；我是爱你的所以你为我付出那不是理所当然的吗……

姑娘，我不奢求你能一开始就识别所谓的渣男；但，当你发现他对你的爱，只是“语言上的巨人，行动上的矮子”时，趁早离开吧。

因为他所谓的爱，就是想和你上床，再无其他。你要学会炼就一双火眼金睛。

这些女孩内心往往都很渴望被爱，

所以遇到一个对她稍微好点的男生，

就以为遇到了真爱，

把他当作救命稻草般紧紧抓在手里，

生怕他被拐走了。

你以为的善良，有时候只是一种愚蠢

王欣结婚将近五年后，总算“顿悟”了，向法院提交了离婚申请书。

王欣的老公本是个一穷二白的小子，当初大学里追王欣的人很多，但王欣偏偏选了他，说：“我喜欢他的老实，他会一辈子对我好的。”结婚后，王欣牺牲了自己职业的发展前景，甚至动用她家里的金钱和人脉苦哈哈地默默支持着那男人创业。

一开始他创业并不顺利，常常回到家就把气撒在王欣身上，再也不像大学里那般老实地对她好了。王欣体谅他创业的艰难，一直默默忍受着，不遗余力承包了所有的家务和带两个小孩的重任，在他创业遇到资金困难时，更是把自己之前所有的积蓄甚至举债支持他创业。

后来他的事业越做越好了，王欣以为他们家终于迎来了曙光，可没想到那男人却对她更是冷落。之后他三番五次出轨王欣竟然也忍了，原因就是那男人痛哭流涕地向她保证绝不再犯。

可没想到之后一女的挺着七个多月的大肚子找上门，说他在外边买了房和她同居一年多了。

王欣终于忍无可忍，向她老公提出了离婚并要求要两个孩子的抚养权。可她老公死活不肯，又耍起了苦肉计，因为他的事业到目前为止依然很依赖王欣她家的支持。

还好王欣总算活明白了一回，向法院提交了离婚申请书。

总有人说，“男人有了钱就变坏”。似乎王欣老公就是这种人，可要知道有些男人，没钱一样不会对你好，甚至把他所谓“怀才不遇”的气愤全撒在你身上。没有本事，脾气还很大。

Katrina 的男朋友就是这一类人，上个月她分手后，还特意拉了我们一帮人庆祝她终于脱离了“苦海”。

Katrina 的男朋友长得很帅，一开始大家都觉得他们简直就是天生一对。她男朋友干的工作，没一次是超过三个月的。他觉得自己天生就不是给别人打工的料。那好吧，Katrina 也很支持鼓励他开始去创业。可他创业不下十几回，每次遇到点小困难就退缩放弃了。

Katrina 也都忍了，觉得那也没什么，毕竟不是每个人都适合创业的。但最不能让 Katrina 忍受的是，他对 Katrina 的脾气越来越差了，甚至好几次他工作不顺，在外喝得酩酊大醉回来就打 Katrina。Katrina 依然没有放弃他，一边忍受一边给他支持鼓励，希望他能再站起来。

可他依然不为所动，每天过着行尸走肉般的生活，好长一段时间躲在出租屋整天整天地打游戏，靠着 Katrina 一人的薪水支撑着他们脆弱不堪的感情。万万没想到就是这样的一个他，还在网络里勾三搭四，最后被 Katrina 发现。

Katrina 在聚会上说过这么一句话：“男人穷不要紧，但男人没本事还脾气大、对你不好甚至出轨，那还是尽快结束了吧，越早越好，我就是前车之鉴。”

在心理学范畴有一个名词，叫“自虐倾向”，总体表现为牺牲自我成全他人。

其实在爱情里,必要的忍让付出很重要。可有些人太过“善良”了，换个说法，那就是愚蠢，那就是在对自己犯罪。

没有原则的忍让付出和原谅，其实就是在慢慢把自己推向万丈深渊。在爱情里还有另一个名词，叫“及时止损”，当发现爱情走到末路时，就别再盲目投入了。

那些无论你怎么对他好，无论你怎么对他忍让和付出，他依然会背叛你、不懂珍惜你的男人，千万不能要。那真的不值得，你也没有那么廉价。要知道，你的爸妈生下了你可不是让你来让男人糟践的。有句话说得好：遇到感情里的无耻背叛，请选择干净利落地与其一刀两断，不要因为不甘心曾经的付出而选择将就，心软一定会再次心痛，你见过人给狗喂了根骨头后，再跟狗讨回来的吗？你也真的不是离不开他，你只是没有了自己的生活。

永远不要为了任何人，失去了你自己，丧失了你独立的能力。

只要有了这种底气，你就永远不会害怕离开任何一个不爱你的男人。

你对谁都好，唯独对自己不好

远琴是我以前公司的同事,因为人好,所以虽然后来我跳槽了,但我们之间的关系一直都还不赖。

她好是好，但大多时候因为怕影响同事间的关系，怕得罪人，所以好得太没原则，好得“对谁都好，唯独对自己不好”。

昨晚和她逛街，她看到一款很喜欢也适合她的套装，当她穿上那件衣服走出试衣间后，我就一直鼓动她：“真的超配你耶，买下吧，穿着去上班，回头率绝对爆表啊。”

能看出远琴也很心动，脸上有抑制不住的兴奋，但当她看了价格后，脸色立刻变了，然后难为情地对我说：“还是算了吧，我不是很喜欢呢，我们再看看别的吧。”

我懂她，也就不好意思拂她的面子了，但还是好心说了一句：“我知道你人好，但也不能工资刚发下来就借出去一大半吧，你男朋友上次还因为这个和你闹别扭，说你过于懦弱了呢。”

“我知道的，但小 A 说她家里出了点难事，不借也不太好吧。”远琴小声回道。

“是吗？我前天刚看到小A在我家附近那几家奢侈店里扫货啊。”我本不想说的话终究还是忍不住说了出来。

“可是……可能她有难言之隐吧，她说了会尽快还给我的。”远琴还在试图为小A辩解。

“好吧，你自己算算到目前为止，借出去的钱到底讨回了多少……”

就是这样的远琴，对别人的好几乎到了没有原则的地步。也因为她这种性格，她至今没穿过几件像样的衣服，甚至因为过于懦弱、怕得罪人的性格三番五次被男人甩。

其实，说得好听点，远琴这叫老好人；说得难听点，她就是没有原则。

可一味地付出和忍让、怕得罪人宁可委屈自己的处世方法，到底又能给她带来几个真心朋友呢？

我们可以对别人好，但必须坚持一定的原则；你也首先要对自己好，那才能更好地对别人。一味地做所谓的老好人，别人可能不仅不领情，还可能在你实在帮不了的时候对你冷嘲热讽。

××××××××××

我还有一闺蜜阿曼，她简直就是《欢乐颂》里樊胜美的现实版本。

只有高中学历的她在我们公司拼了整整五年，好不容易当了个不大不小的主管。我们都以为条件还不错的她终于可以放心地谈个恋爱了。但后来才知道有三个妹妹和一个弟弟的她，还有很长很长的路要走。

有一次公司聚会后，她喝得烂醉，好不容易和我们袒露了一次心声，从那之后我们才知道，原来看似坚强的她其实是那么脆弱。

阿曼最小的弟弟被父母宠溺得实在可怕，当年学习较好的阿曼和她三个妹妹都没读大学，但她父母却寻遍关系，拿着她和她妹妹几年辛苦挣来的一点钱把她那位整天游手好闲的弟弟送进了一所收费昂贵的私立大学，几年下来，她弟弟不仅没学到什么，私立学校昂贵的学费生活费还压得她和三个妹妹喘不过气来。

后来她弟弟好不容易毕了业，但做了几份工作觉得辛苦就干脆不做了，在家当起了太上皇。她父母又让她和三个妹妹一起在深圳给她弟弟供了一套房，还逼着她给她弟弟出钱出力开店铺……

阿曼说，虽然她谈过几个男朋友，但最后带去见父母时都被吓跑了。

今年，阿曼34岁了，最美好的青春几乎都献给了家庭。

一个人的家庭就是一个人的宿命。虽然有点耸人听闻，但真的很可怕！看着条件性格都很不错的阿曼，却一直因为家庭的原因活得那么累，真为她感到心疼。

虽然说对家人好那是天经地义的，但一个好的家庭绝对不是一个拖累子女前途命运的地方，它本该是孩子的助力器，却变成压垮人的沉重负担。

家人不合理的要求，我们也要无条件满足吗？真心觉得《欢乐颂》里的樊胜美最后狠下心偷偷拿走她哥哥的房契，对她父母的开支花销进行严格控制是那么正确和理智。

因为长远来看，这才是真的对家人好。

生活中，也有太多这样的人：TA 对谁都好，唯独就是对自己不好。

但那些没有原则的付出和忍让，从长远来看，其实对谁都不好啊。就像文中的远琴和阿曼，其实她们都值得拥有更好的生活。她们很优秀，本不应该活得那么辛苦，却因为没有原则的付出和忍让而一直耽误了自己。

远琴，充当烂好人，谁都能向她伸手借钱，却很难把钱要回来，生怕得罪了别人。

阿曼，对家人好是没错，但其实同样需要有原则，不然家就是一个填不满的无底洞。

要知道，我们首先要对自己好，首先要有自己为人处事的原则，最终才能更好、更长远地对别人好。一味无条件无原则付出最终只能耗尽你自己。

你能骗的，永远都是爱你的人

又是一年的国庆。

下午我在客运站买票，遇到快两个月没见的阿依古丽，她是个从新疆跨越了几乎整个中国来广州念书的姑娘。

可眼前这个姑娘，要比以往那个多才多艺、能歌善舞且天生面带一团和气的她差远了。

这时的她，满脸的愁容，在短暂的寒暄里，并没看到她以往脸上掩都掩不住的笑容和新疆人特有的可爱酒窝。

我们之前在同一个学校部门待过，那时候浑身充满朝气、散发着介于青春少女和微成熟女人之间气息的她简直就是我们周围所有男生倾慕和追求的对象。

在部门待的那一年里，因为我和阿依古丽都无心留任，对某些所谓上进的事业不感兴趣，彼此没有利益瓜葛，因此我们向来走得比较近。相处一年之后，更是变成部门里难得的一对无话不说的朋友。才艺和外貌出众的她从不缺乏追求者。

阿依古丽经常私底下跟我说哪个哪个男生对她表白了，又是怎么表白的，说完之后便询问我对那个男生的看法。其实好几个追求阿依古丽的男生，我都听到些风言风语，说他们同时在追求好几个女生，甚至有些已经有女朋友的也到处拈花惹草。

于是我就把这些都给她说了。但每次她都说：不会吧，我感觉他挺诚恳的，不像那种人啊，要真是那种人，怎么可能一直对我那么好呢？

一时间我无话可说，只得对她好言相劝：你觉得合适想试一试也行，但千万保护好自己吧。之后她火速和一个帅气多金且对她“很好”的男生在一起了。

可不久，阿依古丽就打着哭腔给我打了个电话：“能借我点钱吗？”

那时候我很诧异，怀疑她是不是在外面遇到抢劫了。

后来在她支支吾吾的言语下我才知道，她居然在和那个男生在一起不足两个月的情况下就怀孕了。更可恶的是，那个男生从此对阿依古丽“敬而远之”，还说什么“我怎么知道你怀的是谁的孩子”。

阿依古丽最后没办法，担心肚子会越来越大，就咬咬牙打电话向我借钱了。

那时候我问她：“你喜欢他什么？他都这样了，你还喜欢他吗？”

可她的回答再一次让我无语了：“他之前对我真的很好，我喜欢他，我也觉得他还喜欢我，只不过可能我突然怀孕了，吓到他了吧。”

“那如果你堕胎后他再来找你，你还会和他在一起吗？”

“我不知道。”

……

后来的事情你可能也猜到了。

阿依古丽打胎一个月后，那个男生又回来找她了，理由居然和阿依古丽当时和我说的一样——“我真的很喜欢你，但那时候你说你怀孕了，真的让我措手不及、不知如何面对。”

阿依古丽看那个男生说得那么有诚意，又每天都在宿舍楼下给她送各种好吃的，就又答应和他在一起了。在他们复合的第二天晚上，阿依古丽拉我出去散步，我清楚地记得那晚我再三对她好言相劝：“你们复合了我也不能再说什么了，但你们以后那个的时候，一定一定不要再裸奔了。”

当时阿依古丽忽闪着她那对孩童般纯洁的大眼睛回答我道：“嗯呢，一定！”

而这次国庆节的车站偶遇，我知道，她一定又出问题了。

在买票寒暄那短暂的十几分钟里，我并没有问她怎么了，只是我相信，等她想告诉我的时候，她一定会给我打电话的。果不其然，我们在车站分别后不久，我接到了正在坐车奔往老家新疆的她的电话。

接通后，我们彼此沉默了好一阵子。

我能明显感觉到她那边加重加急的呼吸。

“我又打了一次（胎）。”她终于吐出了这一句她说起来听似轻松无所谓的话。

“怎么这次不告诉我？”

“看你最近挺忙，怕影响你。”

……

最后临近挂电话时，我还是按捺不住问了一句：“你怎么那么傻那么好骗啊，已经有过一次了，怎么还相信他那些‘会没事’‘我会负责’之类的鬼话啊？”

又是一阵沉默。

“可能是因为我真的喜欢他吧。”说罢，我听到了她那边传来的女广播员催促乘客登上火车的声音。

我们没再说什么，就心照不宣地挂了。

张爱玲曾这么卑微地说过：“见了他，她变得很低很低，低到尘埃里。但她心里是欢喜的，从尘埃里开出花来。”

我想，天真烂漫到有些傻的阿依古丽，对待她这段恋爱关系，心迹是一样的吧。

总是全身心地付出，总是以为对她“好”的男生就真的一定会对她好，总是在外人一听就知道是谎言的花言巧语下一次次被男人伤害……

怎样的姑娘才最好骗？

是单纯烂漫无心机的？

还是贪小便宜爱慕虚荣的？

我想，都不是。

那些真正爱你的姑娘，那些真心想和你过下去的姑娘，才最好骗。

你能骗的，永远是爱你的人。

因为只有这种姑娘，才会对你卸下所有的防备，然后热情似火地投入到你的怀抱。可这样真心待你的姑娘，你就真忍心如此对她吗？想不明白。

坐在飞奔往老家的车上，我一阵叹息——

阿依古丽啊，不论你的爱有没有错，但下一次恋爱，能不能再多爱惜自己一点？

像我们这些对所有恋爱都全身心投入的人，最后的归宿，会是好的吧。

但愿吧。

渣男普遍的七大特征

在阅读本文之前，希望你能认识到——

渣男≠不爱你的男人。

不然你就会很容易掉进一个误区：只要不爱你的男人，就全都是渣男，这可就混淆了。

望周知。

1. 打女人。

这一点在小安看来，不管出于何种原因，都是欠妥的。

有的男人光骂还不够，他还要打。最渣的男人，莫过于打女人，这种不是男人的男人不要也罢。

男人可以丑，但绝不能丑陋。

男人就要有男人的样子，利利索索、痛痛快快，千万不要扭扭捏捏、婆婆妈妈。

男人要说话算话，吐出去的东西再咽回来，自己都会觉得恶心。

男人要懂得保护和尊重女人，尤其是后者，千万不要强迫她做她不愿意做的事情，不要打女人，无论她伤过你还是骗过你……

当然，女人也要懂得尊重男人，因为任何关系都是相互的。

2. 极容易发脾气、对你表现出不耐烦。

有些人不仅渣，还软弱无能。

弱者都易怒，不爱你的人也一样，很容易因为一点小事就表现出不耐烦。越是一无是处一无所有的人，越是容易被激怒。随便一句话，就会暴跳如雷。如同墙头上的野草，一丝微风就能让它东倒西歪。反而那些很有能力有成就的人，任凭外界流言蜚语或讥讽和嘲笑，他都会坚定地站在大地上，雷打不动。他明明有资格发脾气，但却能稳稳地控制住，这才是一个人真正的厉害之处。

3. 你暂时不同意和他上床，他就说你不爱他。

如果他总刻意用“你不想和我上床，就是不喜欢我”这句话来逼你就范，很可能，他只是在骗炮。

远离总拿爱情当借口来逼你就范的男人，因为这样的男人绝对不可能是良人。因为真爱你的那个男人，即使被拒绝，也会理解你、尊重你。性对于爱情是很重要，但如果把性凌驾于爱情之上，甚至以此作为要挟你们之间爱情的筹码，要么他真的是个性瘾患者（是一种病），要么就是渣男。

4. 花言巧语不可怕，可怕的是他说的永远要比做的多。

他说了所有的花言巧语，但几乎没有一样能做到的。

那些真正爱你的姑娘，

那些真心想和你过下去的姑娘，

才最好骗。

你能骗的，

永远是爱你的人。

长期言行不一致的男人，要么不爱你，要么就是思想道德有缺陷。

记住，没道德的男人要比不爱你的男人可怕多了。

5. **他会将自己的不安全感怪罪于你**。

渣男往往为了控制你对他的反应，而将自己的不安全感怪罪于你。

比如 :“我之所以不让你有男性朋友，是因为我曾经被女友不忠过。你能理解我的，对吗？”是的，你当然能理解，但不管他说什么，他都不应该决定你的社交关系。

再比如 :“我很抱歉我干了那件傻事，但我只是非常害怕你会离开我！”这也是他们常见的借口，当你指责他行为过分时。这个借口的主要目的是，让你不再聚焦于他干的糟事儿，转而去理解他的行为失常。

记住一点，真正的关心和“被渣男控制”之间是有明显区别的：关心是出自爱，而“被控制”是借由负疚感来实现的。

6. **在你面前永远斤斤计较，有各种小算盘**。

他处处都把自己的利益放前面，女人往往也只是他的生存“工具”。

你可以跟他谈钱说利，或者听他畅谈“葛朗台”心得，就是别跟他说什么爱不爱，他一般听不懂，就算你是他试图爱上的女人，他也不会舍得为你花点钱。

7. 长期对你虐待后又加以体贴的恶性循环。

你可能会因一点小事就被他责骂甚至拳脚相向，但之后他又会突然对你变得无比温柔体贴。于是你留了下来，希望这是最后一次，但每一次都是如此，而你最后都会心软。

虐待会慢慢蚕食掉你的自尊和自信，而体贴则让你更无法离开他。他们常常会在事后拼命道歉。但这种恶性循环最后只会让你成为他手中的玩物，甚至他心里还会窃喜于你被他玩弄到如此之境地。

渣男不代表他就不爱你，爱你的人也可能渣。

所谓渣男和坏男人其实是完全不同的两个概念，坏是三观不正，而渣是人品问题，有的男人很坏但是不算渣，有些男人不坏但是极渣。一般意义上的“渣男”是说，自我感觉极好、极度自私、擅长索取、不负责任，以玩弄别人感情为乐的男人。

最后，希望所有人再遇到渣男 / 渣女后都能及时止损。共勉。

PART 5

一辈子很长，我想和你在一起

被偏爱的，都有恃无恐

李焯雄在陈奕迅演唱的《红玫瑰》里填词道：

“得不到的永远在骚动，被偏爱的，都有恃无恐。”

一句话，就几乎把所有痴男怨女的内心给掏了个遍。

××××××××

今天在微博收到一封长长的私信：

“你好，安同学，我是在微信上一篇文章中关注到你的。我和他分分合合不下五次了，但每次分手后，我都会因为他重新对我的好，把他之前各种恶劣的行径抛诸脑后，然后选择答应和他复合。就像上个星期一样，他说以后再也不会朝三暮四、再也不会对我冷暴力了。他还说经历过那么多女人，才知道我是那个真正值得他喜欢的，才知道只有我对他那么好。但复合不到几天，他还是那样，好像因为知道死死地拿住了我一样，就算他再朝三暮四，再怎么对我冷暴力，我最终也不会离开他的。现在我不知道怎么办了，昨晚我又看到他在微信上勾搭其他女生，之前几次出轨我都忍了，但我怕一直这样下去我会崩溃的。我该不该分手？分手后我又禁不住他重新对我好，怎么办？”

我回道：

“姑娘，恋爱不是这么谈的，再怎么喜欢一个人也不能赔上了自尊、失去了自己，说到底，你男朋友可能并不爱你，他只是习惯了你对他的好，每当他和你分手，在和别的女人的感情上碰壁时，或者别的女人根本忍受不了他的花心和冷暴力时，他就会想起你，想起你三番五次原谅他的出轨、冷暴力。你要知道有些人即使在真正失去了你之后，他也不会留半抹伤感给你的。你说你担心分手后禁不住他重新对你好，其实你要明白：他不是真正地重新对你好，他是目的性非常强地想要你重新回到他身边，然后继续享受你对他毫无条件的爱和付出。姑娘，真的，别傻了。都是爹妈生的，他凭什么对你‘呼之则来，挥之则去’的？当断不断，必受其乱。狠狠心吧，离开他，找到真正属于你的幸福。爱情里最可怕的，不是搭进去的时间，也不是失身，而是失去了你自己。希望这些话对你有点用。”

我不知道这个姑娘到底听进去了多少，我想，她之前应该也听了不少亲朋好友对她的劝告吧，但她还是三番五次重新回到那个根本不值得她爱的男人身边。

其实这样的姑娘太多了，这样的男人同样也不少。TA 们似乎永远行走在分了又合、合了又分的轨道上，最后弄得遍体鳞伤。

TA 们的理由也很简单：我就是离不开 TA 啊，我感觉离了 TA 我就活不了了。

其实，你不是离不开 TA，你只是失去了自己，你只是没了真正属于自己的生活罢了。

× × × × × × × ×

在我以前的一篇文章里，曾提到过我的一位表姐，她就是因为在爱情和家庭中，完全失去了自己，最后被抛弃。

她丈夫要她辞了医生的工作，回家专门带孩子，她就乖乖辞了；她丈夫好几次对她家暴，她也一直忍了；她丈夫仗着家里有钱，整天在外面花天酒地她也一样忍了。可她没有条件和原则的付出、忍让，最后换来的却是一纸离婚状。仅仅因为她生了三个女儿，生不出儿子。做了八年家庭主妇的她，早已把医生的技能丢光了，大好的青春时光也搭进去了。

我们都歌颂那些在爱情中默默付出、无私奉献的人，但少有人真正明白，有些人是根本不值得你这么做的，更不值得你去为了 TA，放弃自己的生活，丢失了自己。

× × × × × × × ×

我还有一哥们儿，阿飞，简直就是那个给我发微博私信姑娘的男人版。他曾经被一女人前前后后折磨了四年。得不到的永远在骚动，但后面还有一句，那就是：被偏爱的，都有恃无恐。

那个被阿飞偏爱的女人，总是在她和阿飞分手后的新恋情遇到挫折后，把阿飞当作最后一根救命稻草，死死抓住。

阿飞每次都抱着“经历了那么多，她这次绝不会离开我了吧”的心态把那个女人宠到了天上。可是她却一遍又一遍地伤害、离开，然后又回到阿飞身边。

在最后一次她出轨、抛弃阿飞时，我们一帮朋友把关于她所有的东西都销毁得干干净净，之后她再来找阿飞想要复合时，虽然作为旁人我们本不该干涉他人的感情生活，但那一次不同了，我们一帮朋友轮番找阿飞劝他不要再重蹈覆辙。

有时候你离不开一个人，不是因为你真的离了 TA 就活不了，而是你一直沉湎于过去，失去了自己，没有真正属于自己的生活。

所以，我们之后每次打球、聚会，都会拖曳上本不喜欢运动和热闹的阿飞。

慢慢地，他重新振作了起来，喜欢上了和我们一起运动、聚会，也慢慢地接触到了更多的新朋友，有了新的生活。

之后他终于遇到那个真正和他心灵契合的她——Joanna，现在他们有了一对可爱的儿女。

他结婚前曾“矫情”地发了封邮件给我：

小安，之前真的很感谢你们这帮朋友煞费苦心把我从失去自我的生活里生拉硬拽出来。重拾了自己的我，才慢慢明白，如果一段感情里双方不是对等的，如果你在这段感情里失去了最起码的自尊，如果一方总担心另一方会离开 TA，所以就毫无底线地对

TA 好，而被偏爱的一方却恃宠而骄，那终究是走不下去的。

真正爱一个人，是不需要低三下四的。

就像和 Joanna，我们有永远说不完的话，看到了彼此就好像看到了彼此的未来，我们会一起畅谈、规划未来，而不会有一方对另一方无条件的妥协。我也希望我们的友情一样，不需要无条件的妥协，彼此对等就好。也祝你写更多有趣、有用的文字给你的读者。

××××××××

有些人，“得不到的永远在骚动”。

TA 们总以为离了谁生活便没了意义，总把没得到的东西当成真爱，所以不断地妥协，以为自己无条件、无原则的爱会换来真心。而剩下的那部分，“被偏爱的都有恃无恐”。所以不断挑战着对方的底线，以为自己再怎么作、再怎么对不起对方，TA 都不会离开你。

其实，这世上，根本没有谁离了谁是活不了的，只有谁不珍惜谁。所有你觉得离不开的爱人，都是因为你一时迷失，一时找不到自己罢了。

当你明白了过来，找回了自己，重拾了自尊时，你终会明白其实你并没有那么爱 TA，你对 TA 只是依赖，只是因为得不到所以不服气罢了。

要知道，树上的鸟儿，从不会害怕树枝会断裂，因为它相信的不是树枝，而是自己的翅膀。爱情也一样，唯有独立方能长久。

爱情里最可怕的姿势，就是为了对方而迷失、丢了自己。

在爱情里迷失了自己的姑娘，也最容易被抛弃。

你对我来说，不是一般人

这几天，整个心都跌落到了谷底。

每天都有朋友惊讶地问我："发生什么事了？你微信头像怎么变成黑白色了？朋友圈也全删了？"

我每次也只是回答说："没什么，最近心情不好，一个很好很好很好的朋友走了。"

然后他们就会找各种方法安慰我。可是我越被安慰，心里就越是难过。

其实我多想有人不要安慰我，而是轻声地对我说，想哭就哭出来吧，想难过就难过吧，我允许你哭，我允许你难过。

也有人很不解地劝我说，就算你朋友去世了，那你也用不着把朋友圈都给删除了吧？头像换成黑色也真的怪怪的，吓人。

我也知道，没必要如此形式化。但我又真想不出其他办法来纪念他，一想到曾经那么那么那么要好的朋友，就这样没了，我顿时感觉自己也失去了全世界。

以前我不是很懂，为什么人过世了，大家要以焚烧纸钱、献上菊花等各种形式来纪念一个人。

可如今，我懂了。那种痛和一个人突然就没了给你带来的冲击和空白感，是外人根本无法体会的。

前几个月，我在深夜里突然得知我奶奶罹患癌症住院的消息后，躲在被窝里失声痛哭。

最后吵到了还在期末复习的舍友，他们问我：怎么了？那时我根本没办法回答他们，因为我已经哭到无法言语了。后来奶奶的病情得到控制，我又像个没有长大的孩子般，打电话给我最好的朋友，一聊就是好几个小时，我跟他约定好了——

以后他结婚了，要邀请我奶奶去参加，我必须当他的伴郎；我结婚了，他也必须给我当伴郎；谁生了孩子，都必须认对方的孩子做干女儿、干儿子……

可现在我奶奶身体逐渐好转，他却突然走了。

这一次，我没有躲在被窝里哭。或许如果他生重病了，我会哭的。

但这次他居然这么狠心突然就永远离开了我们，那我也真的狠不下心去哭。

我只是连着好几天，整个人像失魂落魄了般。我删掉了所有的朋友圈，只留下一条——

要记住每一个对你好的人，因为他们本可以不这么做的。

这还是当初他写给我的信里面的一句话。

好几天后，我才缓缓回过神来：我最好最好的朋友，平时最最最理解我的知己，他真的走了。可我还是没有流泪，只是我的心突然像被掏空了一样。

之前有人问我，在你最好的朋友和爱情之间，要是只能选一个，你会怎么选？

那时我觉得这个问题很可笑。可现在，我才发现，我肯定会选最好的朋友。谈了那么多次恋爱，失去了那么多恋人，我也会伤心。但却没有一次像这次失去挚友般心如死灰。你一辈子可以谈很多次恋爱，但你一辈子真的遇不上几个真正那么挺你、懂你、知你的朋友。

那种你失恋了立刻会从几百公里外的城市飞奔到你身边，陪你一醉方休的朋友；那种你事业不如意时，会手写长长的一封信，里面罗列了一大堆的建议，给你充当人生导师的朋友；那种你长时间不谈恋爱，他比你还着急，整天给你发女生照片，想帮你张罗的朋友；那种真正打心底里懂你、知你，你单单一个眼神、动作，他都能明白你意图的朋友……

可我现在偏偏失去了你，以后谁再来懂我、知我？

如果再有人劝我，他走了，你也不必这么形式化，把头像换成黑的，把朋友圈也全部删掉啊。我应该可以回答："因为他对我来说，不是一般人啊。"

他不是我的恋人，他也不是我的亲人，更不是某些人嘴里说的"Gay"。而仅仅是因为，他是我最好最好也是最懂最懂我的朋友啊。心力交瘁到无法再继续写下去，更多的话，就等我也到了那边再和他侃吧。

那边的他，一定也是懂我心情的。

我想给你最好的

记得江南在《龙族》里这么写道:“不要做会让自己后悔的事,不要让那些爱你的人难过,因为这个世界上,你爱的人固然很少,但真正爱你的人也绝不多。”

都说,越在乎你的人,你却越不珍惜。

为什么?因为你骨子里知道,TA 始终是不会离开你的,于是你觉得自己可以永远地折腾。怕什么?反正 TA 会在我身边的。

泰戈尔在《吉檀迦利》里写下这么一句名言:

Eyes are raining for her,heart is holding umbrella for her,this is love. 眼里为她下着雨,心却为她打着伞,这就是爱。

我记不得她有多少次打电话给我:“你在干吗呢?今天我给你买了……”

可几乎每次我没等她把话说完就不耐烦地回道:

“在打球,挂了。”

“在和朋友聚会。”

“来给哥们儿过生日。”

“我哥们儿失恋了今晚陪他喝点酒，不用等我了。”

……

然后便急不可耐挂了电话，只留给她一阵嘟嘟嘟的电话忙音。只是当时我也不知道，我的话带给了她多少失落。和她在一起那么久了，久到我忘了她也是我最爱的人啊。但我却自恃着她对我的爱和包容，继续徘徊在极度自我的世界里。

泰戈尔说：

爱是理解和体贴的别名。

可我在很久很久之后，才慢慢理解了她“你在干吗”背后的意义，才学会了她一直都会给我的体贴。

今年寒假，我在一家不错的建筑公司实习，但经常会有户外作业，要风度不要温度的我总像个刺猬般，蜷缩着身体，极力压抑着身体内瑟瑟发抖的洪荒之力。后来也不知道哪个大嘴巴哥们儿，把这件事告诉了她。

于是当天下午她就大老远跑到我实习公司里，手上拿着的、背包里装着的，不是棉袄大衣就是冬天极度需要的高热量食物，嘴里还不断念叨着：“我不是叫你多穿点吗？就是不听，感冒了可怎么好啊！”

天啊，当时的我不仅没有丝毫感动，更多的是窘迫和对她的责怪。对，那时我觉得她给我丢脸了：你既然爱我，那就要注意维护我的面子啊，那么多员工看着呢，我可是个大老爷们儿，被你这般对待，让我的脸面往哪儿搁？于是我冷言冷语催她赶紧离开了。当时，我并没留意到她冒着寒风孤身一人来给我送衣送食，然后又孤身一人消失在寒风中，我只在乎我自己的感受。

之后在我实习的一个周末里，她又打电话给我："周末不用上班，你在干吗呢？我做了你喜欢吃的菜，你如果不想离开公司，那我给你送过去好不好？"

当时公司宿舍里只剩下我一个人，他们不是回家了就是和女朋友约会去了，其实当时我很想她过来陪我或者我回去陪她。

但想到上次她当众让我"出丑"，我便赌气回道："不用了，宿舍就我一个人，我有点不舒服，吃点药我就睡了。"然后便挂了她电话。挂电话后，我一个人百无聊赖地玩着网游，之后却被一阵敲门声惊到。是老爸。

开门后他第一句话就是："你妈说你不舒服，她在准备晚饭所以叫我来接你回家，吃完饭后再带你上医院。"一路上，我并没有说多少话，倒是我爸突然像个话痨："今天下雨，天又那么冷，但你妈一个人跑到郊区给你买了最正宗的鸭子呢。你妈总唠叨着想你回家，一起吃顿饭也好，可每次给你打电话你急匆匆就挂了，她说你长大了烦她了。你妈是有点唠叨，但她不都是为了你吗……"

回到家后，看到的第一幕就是她在厨房里忙碌的身影，并不时传来她咳嗽的声音。

那一刻，我突然想哭了，我猛然察觉到她头上已有了丝丝银发，原来我一直以为很年轻的老妈也突然间就变老了。怀着深深的愧疚之意，我惴惴不安踱到厨房，小声问道：

"妈，你在干吗呢？"

"看你这浑小子，没看老妈在做饭哪，快出去，这里油烟大，你不是不舒服吗？先去休息休息，待会儿吃完饭、喝了我给你做的热汤，就去医院，空腹去医院怕你会更不舒服。”

“没事，我就是饿的，没不舒服。”我不敢告诉她其实那是我当时赌气骗她编造的不回家的理由。看着她在乌烟瘴气的厨房里忙碌的身影，我蓦然一阵鼻酸：“妈，干咳得那么厉害，不如我们家请个保姆吧，你受不得这个油烟气。”

“没事，又不是黄花大闺女了，能省点就省点，难道你结婚还愿意和我们住啊？我和你爸正商量着要给你买房呢。”

“哪用你们的钱？再说，我愿意和你们住啊。”

“眼里为他下着雨，心却为他打着伞，这就是爱。”我终于明白这句话的含义了。

她为我打了大半辈子伞，该轮到我了。所以自那次之后，我虽依然是个急性子，但我再不会对她那般没有耐心了。

“你在干吗？”

“妈，我刚下班，你在干吗呢？”

“正在做你昨天说想喝的鸭肉煲冬瓜汤，你快回来。”

“好嘞！”

风说，我要哭。

于是，就下雨了。

风说，我想你了。

于是，满世界刮起了风。

我想你了

风说，我要哭。

于是，就下雨了。

风说，我想你了。

于是，满世界刮起了风。

有人说，原来世界上最动听的情话不是“我爱你”而是“我想你了”。

我爱过和曾经爱过我的人，都曾在无数个彻夜难眠的夜晚，掏出手机，然后按捺不住满腔的思念，在聊天窗口心情复杂地敲下那几个看似简短却分量异常之重的字——我想你了。

爱人亲人之间如果相隔两地、不能紧紧拥抱，那么一句“我想你了”这里面到底饱含了多少日夜的思念甚至是挣扎啊，外人是绝对不能感同身受的。

昨天忙碌了一整天的我，回到宿舍好不容易掏出手机，有好几个未接电话，以及一则长长的短信映入了眼帘：

打了好几个电话都没接，再忙也要注意身体，不能那样折腾啊。

去年你种的那个什么花，因为最近天气越来越冷，全都枯萎了，我怕你回来看到会不开心，怪我没照顾好它，所以打电话跟你说一下。上个星期给你寄的衣服收到了吗？都不给个回信，不要太要面子，冷了就多穿点。最近的空气也越来越不好了，你爸的哮喘又犯了，我说了他几句要记得吃药，他却总说自己吃了，然后怪最近的空气不好。你快一年没回来了，你爸嘴里没说但也可想着你呢,忙完这段回来看看吧。最近腌制了你最喜欢吃的干菜，妈也想你了，有空就回来吧，再让你带几罐去单位。

忙碌疲倦了一天后的我看到这条信息，瞬间就泪奔了。

记忆里从来没对我说过“我想你了”的老妈，居然也突然矫情起来了，不就是“才”快一年没见吗，不就是我毕业出来工作的第一年吗，不就是今天我实在太忙没接到她的电话吗……

至于吗？就这样弄哭我了，出来工作近一年的全部憋屈和满腔复杂无比的情绪在那一瞬间全喷薄而出了。我可整整憋了快一年，可就这么轻易把我给整哭了。

以前大学那会儿，我觉得自己几乎都快把这一辈子的“我想你了”给用完了。而所有的接收对象都是我的前女友、前前女友、前前前女友……

那几段感情或轰轰烈烈、或细水长流，甚至于游戏人生。

可现在回想起来，我似乎把“我想你了”这句话已经运用到炉火纯青了，可我似乎又从来没有用过它。因为我突然才发现，呱呱坠地至今二十来年，我竟从未对老妈老爸说上哪怕一句“我想你了”“我爱你们”。

嗯，从前的我说过很多的“我想你了”，但从未对最爱我的人说过。一次都没有。

这二十几年里，我似乎一直都在索取，却从未有过付出，哪怕只是一句“我想你了”。

我突然想立刻就打个电话给他们。相互絮叨了一大堆的琐事之后，最后也说上那么一句矫情的“我也想你们了，忙完这段我就回去”，然后又立刻挂上电话。可刚提起电话，我又突然𡚸了。

我怕听到日渐衰老的爸爸咳嗽难受的声音；

我怕听到妈妈说了一大堆她做了多少好吃的，等着我回去吃呢；

我更怕自己一听到他们的声音，又瞬间就变回了那个不懂事、只会索取、只会向他们提出各种要求的小孩子……

木心有诗《从前慢》，被改编成歌：

从前的日色变得慢

车、马、邮件都慢

一生只够爱一个人

其实不仅爱情，从前那浸染着满纸温情和关怀的“家书”也很慢。那么那么慢的从前，却留下了如此之多流芳千古的诗信、家书。那么那么快的当下，却越来越多人甚至对自己最爱的亲人连一句“我想你了”都没说过。

我不禁羞愧难当，翻阅着手机里满屏满屏的微信、短信聊天记录，似乎我有全天下的朋友和最亲密的爱人，我们彼此都有说不完的话题。可唯独找不到和老爸老妈的记录。哦，其实不对。老爸老妈的微信时常有给我转发各种在我们眼里看不上的文章链接，可都被我忽略了。

嗯，我在心里默念了句“已看，没读”，然后就退出了和他们的聊天窗口。一天一天就这么过去了，一天一天他们也逐渐老了。

我想现在就打个电话告诉他们——

“我想你们了。”

那你好好玩手机吧

昨晚10点半左右，接到死党发来的一条微信：在哪呢，忙着不？

当时我以为他又要来虐狗了，于是回了句：怎么的，不是和嫂子打得火热吗？怎有空来虐狗了？还是不是好哥们儿了？然后加了一个再见的表情。

没想到他回了句：别说了，刚才我们还正逛着街呢，下一秒她就生气回家去了。

我还以为他情商不够高可能礼物选得不好，就问道：难道是你的礼物太寒酸了？今天可是她生日啊。

哥们儿过了好一阵才吞吞吐吐回复道：不是，她生气走的时候，甩了一句话给我——“既然你和手机那么好，那你就玩你的手机吧，我回去了。”

接着他又抱怨道：你也是知道的，我学的是新闻专业，自己也弄了一自媒体公众号，要时刻关注最新热点什么的，所以会经常刷各种新闻网站，这也没什么吧？我又不是和女孩子聊天什么的，和她在一起都两年多了，她竟然还不理解我。

一时间我不知道如何回复他好，于是就说：出去打打桌球？我把他们都叫上，给你出出主意，或许你玩得太频繁了吧，建议你好好去道歉。

于是，昨天，七夕的夜晚，我和他还有几个死党硬是打了一晚上的桌球。其间我们也给他出了一些主意怎么讨好他女朋友，但讨论了一晚，我们还是一致认为他做得欠妥当，应该亲自低头去道歉，把女友晾在一边频繁刷手机，这都什么人啊这是？有女友的都这样，那把我们这群单身“汪”当什么了？还抱怨他女友不理解他，换我们也理解不了啊！

其实，现代社会中，有太多的人患上了这种我称之为“习惯性”玩手机的综合征了，有的人因为这个和情人、朋友、家人关系变得紧张了起来，甚至闹翻了的都大有人在。或许很多时候连你自己都不知道为什么会频繁去玩手机，可能是你担心世界上又有什么新鲜事错过了；可能是你怕错过了朋友更新的那几条微信朋友圈、微博、知乎、QQ 空间状态；也可能是你真的已经患上了手机依赖综合征，就算没什么事也要翻一翻看一看自己的手机……

于是你时刻都处在人际联系的在线状态，你害怕没有信号没有电，你害怕错过任何电话和信息……

不可否认的是，手机，这个曾是无比遥远的黑色砖块，它曾被人当作奢侈品的身份象征，但如今，它早已成为比手表更为普通的东西。

而在它突破了传统的接听和短信功能之后，成了老板招之即来的呼叫器，成了各色段子的中转站，成了“锻炼”拇指的健身器，成了游戏机，成了数码相机，成了掌上电脑……

在我们的生活中，手机几乎无所不能，并且无法摆脱。

朋友聚会，有时候话还没谈几句，倒是一个个都低头刷手机刷微信刷各种新闻去了，然后回家发条朋友圈配上几张图片：今天和朋友聚会，聊得挺开心的，期待下次再聚。然后吧啦吧啦下面一堆点赞和评论的，但其实你们并没有真心聊过几句。

和家人聊天，你也可能习惯性刷着手机，亲人的话你可能都没听几句，倒和网络上那些各种好友聊得火热，甚至在餐桌上吃饭时，你也害怕自己错过了网络世界的各种信息，然后一边扒饭一边刷手机。

甚至就连和最亲密的另一半在一起的时候，你也可能会忍不住去把玩你的手机，生怕错过了些什么。

更奇葩的是我还亲耳听别人说过，我愿意当他女朋友就是为了偶尔拍几张情侣照，“充实”一下我的朋友圈，看别人晒各种幸福自己心里也痒痒的，但我也不知道到底喜不喜欢他，就凑合着吧，反正又不是结婚，怕什么。

是啊，如今多少人把网络世界看得比现实生活还重，花大把大把的时间在网络里，呕心沥血地打造并维护着自己完美的“网络形象”。总是习惯性地玩着手机，刷着微信微博各种 App，然后一天就这么过去了。

习惯性玩手机的你，宁愿和那些遥不可及的网络好友侃上一天也不愿意把朋友叫出来好好叙叙旧；宁愿看着手机网络的各种新闻各种段子也懒得和家人好好吃上一顿饭；宁愿刷着各种养生健体、美容护肤的文章链接也不愿意到外面好好跑上几圈步、叫几个朋友去打一场酣畅淋漓的球……

你习惯性玩着手机，不亦乐乎……

于是，慢慢地你发现自己其实没有几个能交心的朋友，你发现和亲人的关系变得越来越陌生，你甚至发现另一半更多的也只是打发无聊的工具，TA 或许没那么重要，但 TA 又是不可或缺的，不然没人和你聊天了啊，那可真的就是灾难了！

就像我那位哥们儿，现在他还和他的女朋友闹着别扭，不肯去低头道歉。他埋怨他女朋友不理解他，因为他是学新闻专业的，所以就要时时刻刻刷着手机关注各种新闻动态，所以他女朋友就要理解他。

但其实呢？这或许就是他的一个借口罢了，他习惯性地刷着手机刷着各种新闻动态，但我真的没看到他自己写了多少篇文章，他自己的个人公众号里的文章大多也是转载别人的。

所以其实，大多数的你们也真的没那么忙，你手机上也真的没有那么多信息、电话等着你回复；你朋友在微信、微博等社交工具上的状态真的没那么重要，也没必要第一时间知道；世界上发生那么多新闻，你也没必要时时刻刻关注着……

其实更多的时候，你刷的是无聊，你刷的是寂寞，你刷的是空虚罢了。但你有时间去刷无聊、去刷寂寞、去刷空虚，却没时间好好去经营你现实生活中的朋友关系，没时间安心坐下来和家人好好唠唠嗑，没时间陪你最亲密的那个 TA。

不要因为你“习惯性”、下意识刷手机的行为而伤害了你最亲密的那些好友、亲人和爱人。或许你是无意识的，或许你真的对手机产生了依赖，但这都不是你辩解的理由。

如果你认为这没什么，甚至认为别人应该体谅你，那么当别人认为你是因为不够重视 TA 而对你说了句“那你好好玩手机吧”，然后甩下你一个人走了的时候，你也应该好声好气地回一句：“好的。”

这样，你真的就可以好好玩你的手机了，没人会再说你的。

真的。

对孩子最好的富养，是父母间的彼此恩爱

前段时间在微博收到这样两条私信，第一条是这样说的：

“小安，你好。我现在很迷茫，不知道生活的重心和目标是什么，每天混混日子，度日如年。情感方面受过很大的挫折，父母前几年一直争执着要离婚，我自己也和另一半分开四五年了，孩子抚养权归他。今年又遇到了渣男，搞得自己浑身是伤，感觉快得抑郁症了。每天下班，就是躺着休息，养身体。我不知道我现在生活的希望是什么，是不是人各有命。有时候一个人躺着，都不想活了。”

另一条则是：

“小安，我们结婚八年，几乎每个月他就家暴一次，半个月就大吵一架，但我不敢离婚，因为有孩子了，家人也劝阻我好好忍忍。”

今天早上读者微信里又收到一则私信：

“安同学，我跟我老公是在我家人朋友都反对的情况下我硬要结婚的，当时我就摆出一副一定要幸福、必赢的姿态。结婚一

年种种事情的发生都表明，真的是我错啦。我老公天天喝酒、赌钱，欠下好多钱。我一边帮他还钱，他一边继续天天喝酒，手里没钱继续借钱还要出去玩儿。他编各种理由，说心情不好需要散心、压力大，等等。我跟他吵过架，他每次都痛哭说让我看他行动。我是一次次地相信，又一次次地失望……现在觉得两个人的感情也不好，一吵架就想离婚，他只要让我感到不安我就想离婚，他还怪我每次吵架都提离婚。我有点迷茫了。”

这让我意识到其实我们周围有很多女性都处在这种即将或者已经到了崩溃边缘的婚姻中，却仍不知所措，让自己一伤再伤。

其实我是一个骨子里传统到极点的人，但当看到这条私信时，我还是很“痛快”地这么回复她：

我不知道你和他之间到底发生过哪些感人的爱情故事，但我给你的建议只有两个：

1. 郑重其事和你老公好好沟通一番，一定要拿出决心的那种；

2. 如果以后还是出现这种行为，不要再拖了，离婚要趁早，难道你想和这样的男人度过漫长的一辈子吗？

我知道，很多婚姻捍卫者会骂我：

“你怎么可以这么草率？你要知道你的一句话可能破坏的就是三个家庭啊。”

但，请问：

● 如果婚姻中没有了爱，还要继续下去吗？

● 即使爱情转变成了亲情，但如果婚姻中，有一方整天喝酒、赌钱、家暴、不顾家庭，还要继续下去吗？

● 你愿意搭上后半生的幸福，在一段根本看不到未来的婚姻里继续徜徉吗？

● 如果有了孩子，到底是早点离婚对他们好，还是继续让孩子在你们吵吵闹闹中度过童年好呢？

如果发现一段婚姻确实走不下去了，还是趁早离婚吧。

你真的不需要在一段痛苦的婚姻中度过你漫长的一生，离婚不是爱情的终点，恰恰是你新的起点；即使有孩子，早点离婚也要比让孩子在你们的吵闹中度过本该快乐的童年好得多，你们的隐忍其实会带给孩子更多的痛苦。

有一个从小玩到大的朋友曾跟我说过这么一段话：

我爸妈自我懂事以来，就一直吵吵闹闹，说实话，我和我两个姐姐的童年都过得非常压抑，更谈不上快乐了。小时候，每当我看到其他同学的父母都恩爱有加时，我都会油然心生自卑之情。每当同龄人有爸妈同时送他们上学、带他们去游乐场，我都感觉自己像个孤儿。所以，我和我两个姐姐，都尝试过很多方法，试图让我爸妈"重新恩爱"起来。他们一开始似乎懂得了我们的良苦用心，也努力重修旧好过，但于事无补，之后他们依然会吵架，甚至以死相逼。后来，我住校了，听不到他们吵闹、看不到他们撕扯，但他们失败的婚姻早已给我带来了不可磨灭的影响。

我初三那年，也是升重点高中关键的一年，当我考完试后，我分别给我爸妈写了长长的两封信，让他们别再为了我们隐忍了，既然过不下去，就早点离婚吧。后来他们离婚了，现在他们也各自有了新的家庭。我也多了一个姐姐和两个妹妹，但我们家再也没了吵闹声，两家人从此各自安好。我曾无数次想过，要是我爸妈在我不懂事时就趁早离婚，重新各自寻找合适的归宿，我的童年应该会更幸福吧。

虽然他们的离婚依然会让我心里留下阴影，但总比在他们吵闹、撕扯甚至以死相逼的婚姻里度过要好吧？

对啊，不恩爱、整天吵闹却不离婚的父母，给孩子的伤害其实更大。

前段时间有一句话深深打动了我：

“对孩子最好的富养，是父母间的彼此恩爱。”

谁说不是呢？有谁不希望自己的家庭幸福，自己的父母恩爱呢？但如果一段婚姻真的不适合彼此，或者婚姻中有一方总是出轨、赌钱、喝酒、家暴，还是趁早离婚吧，这才是对双方最负责任的行为，也是对孩子最负责任的决定。

我不鼓吹你们离婚，但有时候离婚，恰恰是你们最负责任的行为。

离婚要趁早，别等有了孩子再去隐忍；

离婚要趁早，孩子不应该在你们痛苦、撕扯的婚姻中受到更多的伤害；

离婚要趁早，你们不应该把自己的一生都淹没在一段根本不值得继续的婚姻中；

离婚要趁早，二婚三婚怎么了？你要有魄力去爱，你未来的孩子也需要彼此恩爱的父母。

所以，一段不适合的婚姻，还是趁早离了吧，拉高国家离婚率并不可耻。

在“劝和不劝分”的大环境下，如果你们真走不下去了——

“我劝分”，而且是越快越好。

感情，
或许就是这么一点点变淡的

六天前，我放假了。

之后便迫不及待踏上了和朋友一起前往香港、澳门疯狂玩乐的旅程。

我不时在朋友圈分享一些在香港、澳门好玩有趣的见闻，但其中对我每条朋友圈都会评论点赞的却只有我老妈。可我几乎没有回复过她的评论，甚至她的微信消息我都是看了一眼之后，脑子里浮现两个字“已阅”便退出了和她的聊天窗口。

因为我一直觉得，亲人之间的感情，是不需要经营维持的，不管你怎么做，父母都会理解你的。

可直到两天前，我姐给我发了条长长的短信 :“你怎么不回妈的微信短信？打你的电话也打不通，妈评论你的朋友圈也不回复。你知道吗？今晚电视上重播老电影《追捕》，妈一直在说这是她和老爸和我们几姐弟一起看的第一部电影，说着说着还回忆起你小时候看了这部电影之后，一直吵着闹着要妈给你买电影里高仓健的同款大墨镜，说着说着妈就流泪了。她不只是你老妈，也是我和你二姐的，要是你还总是对妈不理不睬的，就别认我这个姐姐了。”

我心头突然就一震——

想一想，我和老妈老爸，原来真的很久很久没好好聊过天了，甚至我每次回家难得的几天，不是和老朋友见面就是瘫在床上蒙头大睡。

前天在香港和朋友逛街，当看到眼镜店铺里各式各样琳琅满目的眼镜时，我脑海里浮现的，却全是老电影《追捕》里高仓健的大墨镜，曾经那些模糊了的记忆碎片越发变得清晰了起来。

小时候，在知道了老爸老妈是因为看了《追捕》后胆大包天私订了终身后，我和我大姐二姐都吵着闹着要看这部电影。

那时候家里虽然没有电脑，但老爸还是不知道从哪儿弄来了一台 DVD 和表面已经快磨花了的光碟——没错，就是那部高仓健版的《追捕》。之后的好几年里，我们全家人一有空就窝在一张不算大的床上，一起看电影嗑瓜子吃零食，我们会因为对一部电影的不同见解而争吵一个晚上，我们也会因为瓜子零食多少的分配问题明争暗斗……

而那几年也似乎是我和全家人感情最浓厚、最融洽的几年了。

那时候我和大姐二姐都经常取笑我老爸就像是高仓健，总是被人诬陷误解，不同的是，高仓健是让人陷害后被自己以前的同僚追捕，而我老爸当年则是被我外公误解，差点就拆散了我老爸老妈。

其实，很多的长辈没那么顽固，

只是在他们不断努力跟上时代的步伐

想和自己的子女能有多一点沟通时，

我们却忽视了，

甚至是怀着一种嘲弄的心态去看待他们。

但最近几年，我和家人之间的距离却越拉越远了。以前我以为那是因为我和他们的代沟问题，没啥话题可聊。可我自己再仔细想想，其实并不是这样子的，我老爸老妈一直都很开明，互联网时代的新鲜玩意儿他俩也几乎没落下过什么，微信、QQ也都玩得溜溜的。记得去年放假回老家待了几天，老妈还想拉着我一起陪她用互联网电视看老电影呢。

但是，我却拒绝了："老妈你自己看吧，朋友待会儿找我出去玩呢。"

其实，很多的长辈没那么顽固，只是在他们不断努力跟上时代的步伐想和自己的子女能有多一点沟通时，我们却忽视了，甚至是怀着一种嘲弄的心态去看待他们。

我突然感到很羞愧，因为这几年来，我的心态也是这样的。很多时候，我们的感情就是这样一点点变淡的吧，他们不断地向你示好，你却一次次地推开了。

希望我们都不会做这样的人。

至少以后不会再是了。

共勉。

你要先学会爱自己

周日晚上（也就是昨晚）微博收到一则私信：

“安同学，看了很多你关于感情的文章。我和男朋友在一起一年多了，我吧，虽然不丑或者可以说有点姿色吧，但总觉得不是他喜欢的类型。当初有好几个男生追求我，但我偏偏选择去倒追他。这一年多来，他平时对我不冷不热的，可一到节假日，他就突然变得很主动了，与之前简直判若两人，对我嘘寒问暖、各种挑逗。就在今晚，趁着平安夜和圣诞节，他又对我很好了，我们刚开完房，他现在就睡在我旁边。你觉得他平时是真的很忙没空理我，还是只想要一个免费的床伴呢？虽然我是在问你，但其实我心里很清楚，也很痛苦，想过离开他，但就是狠不下心来。再说，你觉得要是长期如此，只要他对我的身体迷恋了，我们的感情会不会也随之升温啊？”

有太多太多的姑娘，以为只要凭借着自己年轻新鲜的肉体，就能捆绑住一段感情了，殊不知，总有一大波比你更娇艳欲滴的肉体在前赴后继着，你不可能永远年轻，男人是下半身思考的动物没错，可一旦提上了裤子，他们脑子可清醒着呢。不骗你，大多数男生精虫上脑前，和发泄了欲火后的心路历程就是：你就是我的最爱→我没逼你，可都是你自愿的啊。

想起一句话：

所谓约炮激情过后的流连和忘返，不过是因为你内心空虚寂寞罢了。

这姑娘的男朋友，想要的也只是一个免费的炮友吧。所以他当然不会轻易放弃，不然多可惜，今后的日子该多寂寞啊。

那么严肃地问问大家：怎么看待只在节假日约你的男人，是真的不爱吗？万一他平时真的很忙呢？单纯的啪啪啪，真的就不能啪出感情来吗？万一真有例外呢？

××××××××××

说说一个特傻的姑娘吧。

这姑娘挺漂亮的，但性格过于内向害羞，家庭条件也不太好，不敢在现实里和男生有过多的交际。可大三那年，她在某社交App上交了个公子哥男朋友，聊了不到两个星期就走到一起了。

从那之后，她不再和我们讨论什么指甲油、什么口红更适合自己，也不再和我们去健身房跑步锻炼了，就更别说和我们去图书馆学习了。她几乎整天就和那个我们从未谋面的男朋友厮混在一起。

更令人意外的是，大三整整一年，她在宿舍和学校待的日子不超过两个月，老师不愿意再给她假期，她就干脆旷课，出去和那个公子哥男朋友住。

到了大四，仅仅只过了一年多，除了她的学习一落千丈、挂了好几门专业课外，她的外形我们也不敢怎么认了，曾经那个身材苗条、虽然内向害羞但却注重穿着打扮的她哪里去了啊？

有人说，恋爱之后的女人分两种：

一种是越活越漂亮的女人；而另一种则是越活越惨烈的。

她就属于越活越惨烈的那种，有了男朋友就忘了继续提升自己，身材严重走形，以前那个爱美的女生再也不见了。后来我们才知道，她曾偷偷去打过胎，而那个男人早就跑没影了。

男人可精着呢，特别是有钱的男人。

一个女人如果单纯地希望用性就能绑住他，最后大都会被伤得体无完肤，女人当然也有权利追求性的愉悦，但你首先要爱自己，首先让自己强大起来，精神和经济不能独立的女人，结局一般都不会太好。没有感情基础的啪啪啪过后，留给你的更多的是他绝情的转身和抛弃。当然，你们真要能啪出感情来，算我没说，可至少我还没遇到。

那要怎样的女人，才能在感情上拥有主动的一票否决权呢？

××××××××××

欣桐是我初中就认识的朋友，说实话，她长得不算漂亮，身材还有点胖，但人特开朗活泼，是我们这堆朋友里人气很高的一位。

她有点臭美，喜欢打扮却不显得庸俗；活泼开朗中又能处处看到她的体贴和细心；更重要的是她不仅学习超级好，还会弹吉他、画画，是我们学校当年的风云人物。她谈了五次恋爱，但前四个男生连欣桐的手都没碰到就被她甩了。我们调侃她：你这样哪个男生还敢要你啊？

“不是他们不敢要，而是我压根儿就不给他们好吗，傻啊！难道在我已经意识到他们只想和我上床后，我还贴上去吗？”欣桐每次都这么霸气地回应我们。

直至她的第五任男友，从她大三到毕业工作四年多，再到结婚生孩子，感情一直都很好。

我问她是怎么做到的，她只调皮地说了一句：“因为你朋友我越来越漂亮，又越来越有钱，关键是他喜欢我，我也稀罕他呗。”

确实，欣桐毕业后，因为在校成绩优异，个人能力又很强，很快就进了某单位最耀眼的文娱部门，不出两年，又得到了提拔，简直就已经是人生赢家了。而她男友也是个学霸，毕业后一样进了大企业。

很多人毕业后感情就很快变淡了，可欣桐和她男朋友即使工作再忙，也不会舍弃生活的情趣：他们会一起健身，一起报各种兴趣班，也都很喜欢看书。

欣桐工作后，身材有点虚胖，她就一直坚持慢跑和瑜伽，现在的身材可真没话说；欣桐熬夜加班多了，一开始发质和皮肤都变得很差，她就在饮食养生和合理使用护肤品两方面下功夫，现在即使生了一男一女，她的发质和皮肤也好得让我们嫉妒；更令人“气愤”的是，她在生二胎坐月子期间，居然自学了一口流利的粤语，要知道，当初我报了粤语班都学得不怎么样。

越努力，真的会越幸运。

欣桐不算天生丽质，可活泼开朗、爱学习积极上进，又喜欢臭美打扮、健身塑体的她，现在活得比谁都漂亮精致。不像某些女人试图用啪啪啪来拴住一个男人，欣桐真正活出了现代女性应有的风采，潇洒自如。

对啊，只有不依附、不谄媚，而是在努力实现了精神和经济独立后，依然不放弃保持好身材、不放弃变得更漂亮的女人，才能拥有在感情上的一票否决权。

一个女人无论在什么时候，都不该放弃追求经济和精神上的独立，也不该放弃继续去保持好身材、去变得更漂亮优雅。

想靠着自己新鲜的肉体和脸蛋吸引一个人，那终归是长久不了的。

共勉。

相由心生

《释心诀》里有一段流传颇广的经典名言：

“心由相扰，相由心生；我今若定，誓约心行；心宽则静，心明则平；我心似水，品物咸宁。”

有些人天生一副好皮囊，看着却让人生厌、避之唯恐不及；而有些人虽长相普通，却有如清泉一般令人清爽、心生向往。

1. 你戾气那么重，心里一定很苦很苦吧。

下午和朋友约好去我家附近的游泳馆游泳。来到游泳馆，虽算不上人山人海，但也有不少人和我们一样忍受不了这酷热的天气，来这儿找凉快来了。

几个售票点大概都有 10 到 15 个人在排队。我和朋友随便找了个队伍凑了过去，乖乖排队候票。就在快轮到我和朋友时，一个 30 多岁的阿姨突然插了进来，身边带着一个男孩、两个小女孩，趾高气扬嚷嚷道：“给我来一张成人票，他们三个身高都不到一米二，不用买票的。”

朋友、售票员和我突然都蒙了。一来是被突如其来的插队打乱了本来秩序良好的氛围；二是，那位阿姨口中的“不到一米二”让我们吃惊，瞎子都能看得出来，她身边的男孩一米六都有了，那两个女孩也在一米二到一米五之间。

所以售票员先说道：“您好，请您到后面先排队哦，现在轮到这两个男生了呢，而且你这三个孩子，按身高，一个需要买全票，另外两个需要买半票呢，您可以带他们到旁边的身高仪上看一看，谢谢您的理解和配合哦。”

售票员话音刚落，那个阿姨就立刻狠狠瞪了她一眼，然后又凶巴巴地瞪向我和朋友，眼神似乎在说道：“小屁孩，阿姨插个队，那可是给你面子。”

然后扯开嗓子嚷道：

“你这小姑娘怎么这样啊，我都说了我这三个孩子都没有一米二了，而且他们年轻人让我插个队怎么了？”

这时，我面露难色，刚想说，没关系，那就让你先买票吧。

可还没等我说出口，周围的人看不下去了，纷纷劝告和指责她无理取闹的行为。我们以为这会儿她会“知难而退”，可没想到，她直接和周围劝告她的人吵了起来。

我没再蹚这浑水，快速买了票，钻进更衣室去了。后来我换好泳衣出来后，看到她还在和售票员和周围的人吵。那一刹那，我倏然觉得刚刚 30 多岁的她，穿着得体、身材曼妙，本长着一张瓜子形的脸，却硬生生迸发出令人作呕的气息，令人生厌。

我想，戾气如此之重的人，心里一定很苦很苦吧，即使脸蛋再漂亮的女人，也会霎时变得黯然无光。最后还是在游泳馆保安人员的介入下，事情才得以解决。

2. 你的性格甚至命运，其实都已经写在了你的脸上。

郑元畅在《非常静距离》里说过这么一句话："我相信相由心生，你先从内心漂亮，你的外表就会散发出一种漂亮的气质。"

有的人越长越丑、满脸都写着"生不逢时、天不助我"的表情，而有的人却随着时光的雕刻，变得越发慈眉善目、和蔼可亲，令人不自觉就想去亲近。

记得大二有一段时间，我周围的同学，我最亲近的家人，都不敢怎么亲近我，甚至一些本来玩得很好的朋友，和我在一起时都变得小心翼翼的。

后来他们对我说："你不知道你那段时间有多恐怖，反正就是一看到你的脸，就知道最好不要去招惹你，谁惹谁倒霉，想亲近也亲近不起来。"

幸好，后来我慢慢把自己的状态调整了过来。

你的性格甚至是命运，其实别人都能在你脸上看到。

佛陀亦有言：

命由己造，相由心生，世间万物皆是化相，心不动，万物皆不动，心不变，万物皆不变。

3. 只要瞅了你那张扭曲的脸蛋，就仿佛窥见了你内心所有的阴暗面。

在我写这篇文章时，我脑海里浮现的脸蛋，除了有那个在游泳馆遇到的女人外，还有在大二那段时间——我自己的。

我仿佛看到了那时自己内心里所有的阴暗面：欲求不满、自私、暴戾、贪婪以及自暴自弃所带来的空虚。

翟鸿燊也曾说：相由心生，改变内在，才能改变面容。

一颗阴暗的心托不起一张灿烂的脸。有爱心必有和气；有和气必有愉色；有愉色必有婉容。

很多时候，你其实不丑啊，甚至还很漂亮、帅气，但为什么就是不讨人喜呢？因为你那张充满了戾气、自私、贪婪的脸蛋，已经连再强大的 P 图磨皮 App 也帮不了你了。

人往往在心魔发作的那一瞬间，就能吓跑所有本该能和你谈笑风生的人。你丑不是因为你不美，你丑不是因为你不帅，只是你内心是怎样的，呈现给大家的印象便是怎样的。

愿我们都能好好利用相由心生，去做一个可爱或至少不会令人生厌的人。

你就不怕失去我吗

昨晚小区邻居一对年轻夫妻又吵架了。

只是这一次，吵得比以往都要凶，几乎整个小区里都是他们此起彼伏的争吵声，还有女人歇斯底里的哭声。最后，因小区住户意见太大，保安不得不把他们带走了。

其实我家和他们关系一直挺不错，不时会串门，还偶尔会一起出去聚个餐，平时节假日也都会有很温暖的问候。

之前她家男人给我们普遍的印象就是：脾气超好，对他老婆也超好，活脱脱一模范丈夫，他还经常帮邻居这忙那忙的，真是一副热心肠，还常在我们面前夸他老婆如何如何好。

但后来我们才发现，这些都是表面功夫。他女人有好几次被打得鼻青脸肿，我们问她怎么回事，她都说是不小心碰的。之后她母亲来串门，我们才知道原来那些都是她丈夫的“杰作”。

年轻时看过一部狗血韩剧，其中一句台词我印象深刻：“你就不怕失去我吗？”

剧中情节和我那对邻居夫妻差不多：原来对我所谓的好，都是在外人眼里装出来的，私底下却对我充斥着各种冷热暴力。最后逼得深爱着男主的女主不得不绝望地喊出了那句：

“你就不怕失去我吗？”

对自己越亲的人越是发脾气，对外人反而格外热心客气。

有人会说，这不是挺正常的吗？

我正因为和你亲切，所以我才敢对你不好啊，我才敢对你发脾气啊，我才敢对你吆三喝四啊……呵呵。确实，偶尔撒个小娇，使点小性子，真没什么，还可能会增进彼此感情。但是，如果是长时间对亲近的人使用冷暴力，总对 TA 们没有耐心，把在外面受的气都撒在 TA 们身上，甚至辱骂、殴打爱你的人，那么，请放心吧——

再爱你的人也忍受不了太久。

我也有过类似的叛逆时期，我更是几乎气哭过每一位我的至亲。

最严重的一次，我和我爸足足一年多的时间里没说过几句话，之后我才发现，仅仅在那一年时间里，他真的老了很多，对我变得更是格外小心翼翼，生怕说错了一句话把我弄得暴跳如雷。

“你就不怕失去我吗？”其实那时候我也知道这句话。

但我那时真就不怕啊，总觉得因为 TA 们是我的至亲，所以就算我犯了罪、杀了人，TA 们一样会来监狱探望我的吧。

嗯，当初我就是这么想的。

现在我无比后悔，却也无济于事，因为从没有白发的老爸老妈在我那段叛逆期之后，白发像春笋般冒了出来。

我也曾有过一个很爱很爱我、我也很爱很爱她的前任，我曾不辞千里在春节前几天坐火车、坐客车、坐三轮车赶到她家，只为见上她一面，她也曾这般折腾地来过我家乡，当初我们都以为对方就是彼此最后的一个爱人。

曾经，她也给了我无数次改过的机会，但我总任性地以为她是绝对离不开我的，我总自以为她离开了我是没有办法活下去的。

直至真正失去了她之后，我才发现，根本没有谁离开谁就活不下去，别总把别人对你的好，都当作理所当然。只有当她离开的时候，我才知道自己到底有多幼稚。

我也看过一些女生直到分手后才无限感慨和后悔：啊，原来他以前对我是那么好、对我是那般百般宠爱和忍耐，只是以前自己真的太任性、太娇纵了，真以为他一辈子都能这样对我。

我们都曾憧憬着能拥有梦幻般的爱情和温暖的家庭。

但又有多少人，总是在一边憧憬着，一边却又在无数次地伤害着你的亲人，伤害着那些极有可能成为你一生伴侣的那个TA呢？

“你就不怕失去我吗？”当很爱你的TA说出这句话时，很可能就是TA对你的耐心即将殆尽之时了。

那么，这时候的你，要么吞刀刮肠下定决心不再恣意放纵；要么还是乖乖离开，别再互相伤害了吧。

PART 6
愿我们都能与过去微笑告别

其实你不用那么漂亮

我哥们儿朝钦今天和他女朋友小瑜领证了。

我问他为什么不选在七月初七这个虐狗的节日里领证。

他说：因为五年前的今天，我和她表白，五年前的明天，我们第一次正式约会，所以，五年前的今天是我和她的起点，今天领证了又是一个新起点，明天我们也要好好庆祝一番，算是作为正式夫妻的第一次约会……

我已经受不了他满脸宠溺的表情在畅谈着他第一次约会要怎样怎样给他女朋友惊喜、怎样给她一个一辈子也忘不掉的约会了……

曾经我们在一起谈论的都是游戏、一起追的小说，现在恐怕只剩下找我讨论怎么给他刚上任的妻子制造惊喜和浪漫了。

不可否认的是，朝钦是大家眼里公认的那种优质男，帅气阳光。学生时代经常有女生特地跑到篮球场上看他打球，工作后又变得沉稳、有担当，往往他还没追求别人，一群女生已经先冲了上去。说实话，五年前的今天当他压抑不住内心过于兴奋的洪荒之力，在凌晨时分打电话告诉我他向小瑜表白而且成功了的时候，硬是把已经瘫睡快要睡死了去的我一下子激活了，弹坐起来赶紧问他："你不会只是想和她玩玩吧，我看你还是算了吧，小瑜这人虽然没整天围着你转的女生漂亮，但她真的是个好女孩，不适合你这种花花公子。"

那时，电话里一阵长久的沉默，然后朝钦才一改以往的语气，缓缓和我说道："嗯，我懂你的意思，但这次，我是真的喜欢喜欢很喜欢，喜欢到从不表白的我第一次向她表白，喜欢到和她聊什么嘴角都会偷偷上扬，喜欢到看着她平时默默努力的背影就会不自觉心疼，所以，我是认真的，我觉得只要她不嫌弃我，我以后一定会和她结婚的，然后生一堆孩子。"

疯了，放着一堆前凸后翘、肤白貌美的女生不选，偏偏喜欢一个"只是"很善良、在任何人面前都会毫不顾忌笑得"花枝乱颤"、然后长得稍微有点可爱的女生，恐怕是一时的新鲜感吧。当时我就是这么想的。当时我也并不觉得他能坚持多久，权当他这个风流才子想尝试一下新口味了。

但没想到，这一坚持，就是五年，坚持到领证，坚持到刚刚和我结束聊天的他依然能像五年前那般满脸宠溺地谈起小瑜，好像拥有了小瑜，全世界的女生都不在他眼里似的。

而当晚我刷朋友圈也才骤然发现：自从有了微信，我的朋友圈秀恩爱唯一从头晒到尾的，也只有他和小瑜了，都说秀恩爱死得快，但他们好像完全不受这个诅咒的困扰，每个月总有两三次看到他俩在朋友圈互黑晒丑照、互相调侃打屁的另类秀恩爱方式。

人也总是对一些在生活上早已习以为常的事情见怪不怪。

现在他俩领证了，我才发现，这五年里每次看到朝钦和小瑜，都感觉超级配啊。

每次出来聚会卡拉OK，偶尔朝钦点歌，偶尔小瑜点歌，但从来没看过他俩都去点歌的，他俩好像都知道该点什么歌给对方唱。

小瑜长得不漂亮，馒头脸，脸上还有很多女生都讨厌至极的小雀斑，身高甚至连朝钦的肩膀都够不着，也不算特别会打扮，好几个女生私底下都偷偷问过我朝钦是怎么了才看上这样的女生。可朝钦这五年几乎快把小瑜宠到天上去了。

朋友圈经常特意晒他们俩搞笑、做鬼脸的照片，特意把小瑜的脸盘拍得特大；小瑜参加某某某小型歌唱比赛了，朝钦就充当小粉丝，结束后在朋友圈“炫耀”。小瑜去公司给他送饭菜了，甚至冬天给他送件大衣，都要在朋友圈嘚瑟一番。

原来当真正被爱的时候，其实你也不用那么漂亮吧。

你们有共同的话题、在一起的时候表面上相互嫌弃却谁也离不开谁。

这大概，就是最好的爱情吧。

对不起，爱情本来就是自私的

林徽因曾这么对梁思成说道——

“答案很长，我准备用一生的时间来回答，你准备要听了吗？”

这很浪漫，可有的时候，感情若不是两情相悦，那么你的深情可能便会成为别人的一种负担。

昨晚我正打算睡觉，小耀找我说想聊聊天，心里很苦闷，无处发泄。他低落的语气让我实在不忍心对他说我正准备睡觉呢。熬夜聊下来他的事情也就明白得七七八八了。

小耀自从上学期期末考试那会儿在图书馆认识一个学妹后，因为颇有好感，就对她展开了猛烈的攻势，平时嘘寒问暖，各种节日变着花样送礼物，反正就是想尽了一切办法誓要获得女孩的芳心。

奈何这学妹根本对小耀没兴趣，但碍于小耀是她师兄，一直不好意思把话说得很明白，但也三番五次对小耀暗示了他俩是不可能的，希望和小耀做好朋友。

无情不似多情苦，一寸还成千万缕。

天涯海角有穷时，只有相思无尽处。

但小耀始终相信“精诚所至，金石为开”的所谓真理，以为只要真诚对学妹好，总会感动她的。小耀甚至在寒假坐了一天多的火车到那位学妹的老家，以为这样就肯定能感动她了，这样的自己是多么痴情绝对啊，有哪个女孩子不会心动呢？

所谓付出越多，失望越大，以至绝望。

就在昨晚小耀去学妹宿舍找她的时候，发现学妹和一男孩牵着手在校道散步。

顿时，小耀感觉天都塌了。

和小耀聊了一整晚，能感觉到他深深的失落，甚至是对爱情的绝望。为什么我对她那么好，她还是不喜欢我？为什么我为她做了那么多，却丝毫感动不了她？我也不差啊，她怎么就不考虑考虑我呢？为什么为什么为什么！她就不喜欢我呢？

我不知道如何安慰他，就开玩笑说，感情的事情也不能勉强吧，你条件这么好，她既然不识货，你就找个更好的气气她，没什么大不了的。

小耀苦笑回了我一句，是啊，其实之前我就感觉到她对我没那意思，只是碍于我是她师兄，所以不敢不理我，寒假去她老家找她，能感觉到她浑身不自在，以及又不好意思不招待我的那种尴尬。可我还是抱着一丝希望，对她死缠烂打。

是啊，感情就是这样，不喜欢就是不喜欢，没感觉就是没感觉。

有时候我们以为，只要死皮赖脸，只要够真诚，只要对TA足够好，就一定能让对方也喜欢上自己的。这也是很多人深陷感情旋涡、久久不能自拔的原因。

也许你长时间的付出，能换来对方对你的感激。但其实，如果对方已经明示或暗示过你了，希望能和你做好朋友，希望能保持目前的关系，那么，如果你还是对TA无条件地付出，以为只要一直对TA好就能打动TA，那你错了。

很多时候，你这样的举动，给对方带去的并不是感动，而是TA对你深深的愧疚之情。但这只是愧疚，那不是爱情。如果你还不分场合、不分时间地去纠缠对方，那TA对你可能就不是感动了，而是崩溃甚至是厌恶了。

对，这很残忍，按对等原则来说的话，这对付出的那一方是很不公平的，凭什么啊？我对TA那么好，凭什么TA就不喜欢我？

爱情就是这么自私。

这就是它的本质，不爱就不爱。

无情不似多情苦，一寸还成千万缕。

天涯海角有穷时，只有相思无尽处。

两个人能不能在一起、互相有好感，彼此的脾性很重要，如果不能相互吸引，甚至都不能好好聊天，那还是算了吧。长痛不如短痛，这样对彼此都好。好的爱情是两个人彼此做个伴，而不是纠缠、束缚和占有。

听过这么一个真实事件，一个年轻的男子因苦苦追求一个心上女孩而不得，最后由爱生恨，在一个晚上闯进女孩的出租屋，强奸之后一起同归于尽了。

我们都希望拥有一份幸福的感情，但这绝不能建立在别人的痛苦之上。如果 TA 实在对你没兴趣，即使你再痛苦，即使你再喜欢 TA，也不要无休止地去纠缠，甚至想用过激的手段去占有。

就像有句话说的：爱不一定非要拥有。

相反，我们应该要感谢，感谢爱情是自私的，虽然这会让很多人在很长一段时间无比痛苦。但，只有爱情是自私的，我们才能最终拥有一份：TA 自私地爱着你，你也自私地爱着 TA 的爱情。它是最自私的，也是最浪漫的。

没有什么是难以启齿的

昨晚，我登录了好久没上的微博，看到一条私信：

“小安，看了不少你关于爱情的文章；但我的爱情，恐怕真的要走到头了，我觉得很对不起他，但再长期这样折磨下去，我可能会疯掉的。或许我一开始就错了，我就不应该答应和他在一起。当初他追了我整整三年多，我一开始就对他没感觉，无论在哪方面。虽然他对我很好，真的，我就没遇到过对我那么好的男人。后来，在他的软磨硬泡下，我答应了，可我的灾难也随之来了。在一起之后，我依然很抗拒和他牵手，就更别谈什么接吻和上床了。但时间长了也不是办法，他又对我实在很好。所以慢慢也就发展到那个关系了，可这么久以来，我真的对他就没有过感觉，而且每次上床之后就感觉更恶心了。他不算丑，但我就是没有和他啪啪啪的欲望。这是我之前和其他几位前任完全没有过的经历。小安，你说，我是不是该狠心分手了？他前几天跟我求婚了，我怕答应了，可能就真的会后悔和煎熬一辈子了。”

经常劝和不劝分的我这次回复得很干脆：

“其实你当初就不应该答应和人家在一起，实在忍受不了就赶紧分了吧。虽说劝和不劝分，但按你的描述，我怕你以后都会给人家戴绿帽，况且人家对你真的很好，早点分才是对他负责。”

可能很多人会觉得我的回答太干脆、随意了，毕竟那是人家好几年的感情啊，怎么可以说让人家分手就分手呢？但你知道吗？全球离异的婚姻中，有 57% 的原因是“双方在性生活上存在着不可调和的因素”。难道真的要等到结婚后，发现你们在那方面根本不来电才后悔、才想到要分开吗？有些人总是耻于谈性，觉得下流和搬不上台面，而我却认为，耻于谈性，恰恰是很多人最后爱情和婚姻悲剧的起源。

押沙龙曾说：我觉得婚前性行为是最合理的一件事。有人说：婚都不结就上床，这床上得太轻率了吧？我倒觉得：床都没上就结婚，这婚结得也太轻率了吧？他们觉得上床是一辈子的大事，我觉得婚姻是一辈子的大事。到底是谁对性痴迷，我觉得是一目了然的事儿。

其实我觉得应该更进一步——

从一开始，从你还没和 TA 在一起那会儿，要是你都没有想和 TA 啪啪啪的欲望，那就别开始这段感情了。不然，这样的恋爱关系真的会很累，最后一般都会两败俱伤。当然，很多人选择伴侣考虑的因素有很多：对方的社会地位、经济条件、性格、对你的好坏程度……很多人可能就会因为对方其中一点条件特别优秀，就忍一辈子了。这没什么，毕竟这是你自己的选择嘛，可选择的所有后果也需要你独自承担。

什么才是男女之间真正的爱情？

韩国作家朱耀变这么说道："男女之间真正的爱情，不是单靠肉体或者精神所能实现的，只有在彼此的精神和肉体相互融合的状态中才能实现。"

如果你连睡TA的欲望都没有，又谈何喜欢呢？更别谈和谐生活一辈子了。一个亲口承认自己非常非常拜金的女生曾跟我说：我和他分手了。我问：为什么？你不是说他很有钱性格也很好，能带给你安全感吗？她说：没为什么，在一起之后，我才发现，我真的忍不了他亲我抱我啊，更别说那个了，会要我命的。

你看，那么喜欢钱的姑娘有时候都忍受不了一个不想和他亲近的男人，何况我们普通人呢？

所以还是醒醒吧。

如果你想要的是真正的爱情，那就绝不要和那个你压根儿不想和他睡觉的人在一起。因为自从有了人类这个物种以来，有无数的历史经验已经告诉我们——想和你睡的人不一定就爱你，但想都不想和你睡的人，就真的是不爱你了。

当然，要除去那些确实在性方面有精神疾病或受到过创伤的人。

最负责的爱情和婚姻观应该是——

你能抛开世俗眼光，选择那个能让你感受到爱意、看到TA也能让你分泌荷尔蒙的人在一起。

因为你要知道啊，你选择的那个人，可能是要和你生活一辈子的。

即使，你们最后分开了

你知道吗？你说过你就算再爱也不会秀恩爱的。

我信了。直到看到和我分开后居然秀了恩爱的你。

昨晚深夜两点多，微博收到一条私信：

“小安，我快崩溃撑不下去了。和他在一起三年多，去年 11 月份才分的手，两年多以来，我把自己很多的第一次都给了他，包括那个。两年多以来他也不知道跟我说了多少次这辈子只会爱我一个人。虽然两年多他从来没在朋友圈秀过我俩的恩爱，但我一直觉得这是因为他为人低调的缘故。他也和我说过，秀恩爱的人其实是因为缺爱，越晒什么就越缺什么。还说他这辈子都不会学别人秀恩爱，自己心里有爱就好。我都信了。但今晚，他朋友圈秀恩爱了，和他现任。看到他俩恩爱腻歪的照片，我一下就崩溃了。当时我正在客厅和爸妈看电视，还是哇的一声哭出来了。和我从不秀恩爱的他，今晚为了和他在一起还没半年的她秀恩爱了。难道之前三年多，他只把我当炮友吗？”

我这么回复她道：

“你会伤心很久很久，但我更希望你意识到，一个和你在一起三年多都从不秀恩爱却在和现任不足半年就秀恩爱的男人离开了你，你应该感到庆幸，因为你不会继续被他拖着，可以真正去寻找爱你的那个男人了。”

“他从不在朋友圈秀恩爱，是不是真的就不爱我了呢？”

答案当然不是，因为凡事无绝对。

但一个男人 / 女人和你在一起时从不秀恩爱，却在和你分手后秀了恩爱，那么 99% 和你在一起时，你没有让他 / 她那么满意，你的资格还达不到让他 / 她在朋友圈“炫耀”。

原因可能有以下两点：

1.TA 不（够）爱你，但还能继续凑合（不排除这段时间 TA 在不断寻找新目标）；

2. 你在长相 / 资本（经济实力、学历、社会地位等等）上有所欠妥，TA 觉得拿不出手。

总结起来就是：你只是个备胎。

你可以说你低调，但你永远都不能否认“人性”——人天生就具有分享、“炫耀”和获得别人关注（认可、羡慕、嫉妒，甚至是谩骂）的内在因子。所以如果你在 TA 眼里真的足够好，你不会被 TA 永远藏在暗无天日的地底下。绝不会。

前段时间我一哥们儿在喝醉酒后竟然哭了。

我们一堆人劝了他好久，后来他才跟我说，和他在一起一年多的女朋友在和他分手不到一个星期就和前任复合了。因为他看到了和他从不秀恩爱的她在朋友圈高调PO照了。她还跟我朋友这么说道："我承认是自己对不起你，这一年多我从没有停止幻想过和他复合。"

还真是戏剧！有时候你不知道，真不是因为TA低调啊，而是因为你没达到TA秀恩爱的标准,不管是软性标准还是硬性标准。

有人曾这么问过我："小安，你觉得秀恩爱真的就会死得快吗？"

我没有直接给他答案，因为没有答案，但我说："你可能不知道没秀过恩爱的人也许都有了一车的前任呢。"

每一个从不秀恩爱的人都是有备胎的。这句话可能难免绝对了点。

但我永远不会抵触那些秀恩爱的情侣，很多人可能会有很多顾忌，怕闪瞎别人，也怕日后打脸。但其实有什么好顾忌的呢？如果两个人当下是恩爱的，那么告知全天下又有何不可呢？不要为了不确定的未来就放弃了表达当下的幸福和甜蜜。

做一个坦坦荡荡、不藏着掖着、不偷偷养一车备胎而是活在当下爱在当下的人，永远都值得我们尊重。

即使，你们最后分开了。

你爱惜自己的身体

据《2015 年中国癌症统计数据》统计：

2015 年中国约有 429.2 万个癌症新发病例和 281.4 万例癌症死亡病例。平均每分钟有 8 个人被确诊为癌症、5 个人死于癌症。

无论是流行病学的统计数据，还是现实生活的临床实践观察：三四十岁甚至是二三十岁的癌症病人比以前越来越常见。

× × × × × × × × ×

这段时间《身体被掏空》突然刷屏朋友圈——

明明白天没事做

我还看见你在玩直播

难道你就没有家

求你不要说出那句话

宝贝 加班吧

感觉身体被掏空

感觉身体被掏空

我累得像只狗

我才不累 不累

十八天没有卸妆

月抛眼镜戴了两年半

作息紊乱 我却越来越胖

起来征战北五环

起来征战北五环

“我看着窗外的树影，难道这就是我的青春？”可真正加班累成狗的，恐怕都没有闲情逸致去看窗外的树影了吧。

朋友鸿集跟我开玩笑：“我倒是还没得癌症，但恋爱还没谈，身体就快不行了。”

他是计算机专业出来的，如今在有“狼厂”之称的某国内著名互联网公司做码农，他说：

“刚出来工作，不能不拼一点，看着身边的同学买房的买房、创业的创业，而自己在公司则像颗螺丝钉，我想攒够钱也去创业，现在不拼命，难道要等到中年吗？”

我看着他才出来工作两年有余，却满脸沧桑，整个人也瘦了一大圈。他深陷进去的眼窝、呆滞的目光，和白了将近四分之一的头发似乎在明晃晃向我炫耀：你看，我工作是有多努力、多拼命，我一个月的加班时间就比你一个月工作的时间长呢！

我说，慢慢来，别急，累坏了身体有钱也没用了啊。

他先是摇了摇头，然后冷笑道："你也知道我是怎么和她分的手，我对她有多好你也清楚。甚至在一次她生日聚会上，她当着你们的面说要好好珍惜我一辈子，说什么再也遇不到像我对她这么好的男生。可后来呢，她还不是和她那个开宝马的经理搞在一起了？呵呵，我现在拼命，好过下次再被同样的方式甩了。"

一时无言。

我知道他有些偏激，但却找不到理由让他慢下来，让他自己的身体能得到一个缓冲。

恋爱还没谈，身体就不行了。

这真的成了一个越来越流行的趋势。

××××××××××

我姐的儿子有个街舞老师，年仅 25 岁，拿过很多个国内、省内街舞大赛的奖项，创办了自己的街舞培训中心，但就在他事业蒸蒸日上之时，他被确诊为咽喉癌晚期。

我姐跟我说："他刚买了车，也买了房，但现在为了治病，又全搭进去了。"

我姐还跟我说了几个细节。他被确诊为咽喉癌晚期之前，整整头痛咳嗽了一年多，但一直以为自己只是普通感冒，所以总是在小诊所里抓了几服感冒药就又去管理他的街舞培训中心了。

他是家中的独子，所以在他不想接受长期化疗、放疗等痛苦的治癌疗程后，他父母以死相逼，把他一次次送进医院里接受着不可能治愈其癌症的疗法。

他现在脖子上、手上布满了黑色的血管，没错，就是黑色的，这是放疗、化疗的后遗症，头发在第三次化疗后就早没了。现在他的病情还在持续恶化，虽然找的是广州最好的癌症治疗专家。

据他自己说“生不如死”，却每个月依然要去医院接受放疗、化疗，因为他看不得父母哭的样子。

我姐的儿子有一次问我姐 :“妈妈，杨老师呢，我好久没见过他了，我想让他教我，现在的老师好凶，杨老师对我可好了。”

只是谁也不知道，他心目中“可好了”的杨老师，能不能再回来教他跳街舞了。

× × × × × × × × ×

当然，除了一些极端的例子，大多数年轻的我们，都只是身体不算太好，和癌症还远远沾不上边。

我老妹就总跟我抱怨暑假实习力不从心，被她老板骂，还总跟我家人撒娇说不想去实习上班了，要好好休养几周。可我昨晚起来去客厅取水喝，还看到她在自己房间里捣鼓着电脑、煲着韩剧、逛着某宝。

有一回吃晚饭时，我调侃她说 :“要是你黑眼圈能淡一点、脸上的痘痘能少几颗，准是个大美妞，学校追你的男生绝对能让你挑花了眼。”

我说完之后，她脸上虽然表现出不悦，可放光的两眼还是出卖了她，于是那一晚她 11 点就睡觉了。

国家肿瘤中心的调查显示，除了环境因素的影响外，年轻人得癌最主要的几大因素分别是：

● 长期熬夜不锻炼；不健康的饮食习惯；

● 工作狂，长期透支着身体；

● 不善于调控情绪、不善于释放心情。

前段时间我因为身体不适，住了好几天院，还特地写了篇日记来警示自己。

因为那时医生告诉我："你的体检报告显示你的身体素质相当于中年人的水平，再不好好爱惜自己，以后可就有的受了。"

说实话，我是一个很怕死的人，平时就连打个针都会担心护士扎到我的主动脉去了。自己居然连个恋爱都还没谈，可身体却越来越糟糕了，想想都郁闷。

我以后怎么有力气拥抱我女朋友？

我以后怎么有魄力保护我女朋友？

我以后怎么能保证和她白头到老？

再说说女生，爱惜了身体，可以逛 100 年的某宝；可弄坏了身体，20 年可能都只是奢望啊！

所以说，实在不能忍。

恋爱都还没谈的我们啊，还是先好好锻炼、爱惜身体吧。

我爱你，没什么目的

12 月 1 日 00：07，在 2016 年的最后一个月的最开头里。

伴随着她一句风轻云淡的话“我们是确定走到这里了对吧？应该说到此为止”，我又一次失恋了。

嗯，上一次我都快忘了是什么时候了。然后，我们还彼此祝福着。只是当时我是哆嗦着手敲下那一句句祝福语的，而她的心情，我则无从琢磨了。

那一晚，我彻夜未眠，我翻看着所有与她有关的照片、朋友圈，以及一切可以追寻到和她有关的踪迹。再然后，再哆嗦着手一张张删除，抹掉了所有的痕迹。

但我知道，最深刻的那些瞬间早已印烙在我的心里，怎么可能抹得掉呢？

突然想起 2013 年，我刚上大一那会儿，读了张嘉佳的《从你的全世界路过》，里面有一个关于小玉和马力的故事，和我当下的处境是何其相似啊。

只不过那个故事里，为爱痴狂的是小玉，她是女孩子。

而我，是个在外人眼里不善言谈的工科男。

我们闹过很多次分手，但只有这一次，我们都知道是认真的了。我们彼此谁都没再提分手二字，可都心照不宣。我们彼此祝福着。

“宝宝，你看似坚强其实很柔弱，不管你以后变成怎样的女强人了，希望你也能在他面前做个小女人。”

“希望你可以跟自己喜欢的人一起做喜欢的事。”然后她又突然话锋一转，“我还差你钱呢。”

那一刹那，我的心突然就从南方的冬天一下子被扔到了地球最北方的冬天。但突然想到你是那么一个好强、自尊心极强的女孩，我便无所谓地回道：

“啊哈哈，慢慢还，不急。”

想到当初你省了好几个月的钱，想给你老爸买部新手机，但最后还差 1000 块，节日在即，你只得厚着脸皮向我借了，还说借了后分期还我。宝宝，你知道我那时候有多心疼吗？

但我当时什么也没说，只是想着怎么在以后漫长而又短暂的一辈子里，好好去温暖、爱惜你。

那时候我不能给你钱，因为我知道，你是无论如何也不会接受的。

也许正如张嘉佳说过的这句话：“世事如书，我偏爱你这一句，愿做个逗号，待在你脚边。但你有自己的朗读者，而我只是个摆渡人。”

你说：“一定会有人比我更好更适合你。”

可你不知道，哪有什么所谓的“更合适”呢？总会有女生比你漂亮、可爱和温柔，甚至更理解我。但我喜欢、爱的是你啊。没有所谓的更合适，一山总比一山高。我想找的，不过是一起去看世界，一辈子相互搀扶的女生啊。

记得有一次我跟你说，我特别羡慕一对情侣，他们风风雨雨十多年走过来，其间他们也无数次分手，其间他们似乎也遇到了另一个看上去“似乎更适合”的人，但最后，他们在经历了分手、误解和异国恋之后，终于走到了一起，在法国的埃菲尔铁塔下确定了终身。

我还在今年的这个夏天，见证了初中同学在风雨十年之后，大学一毕业就走进了婚姻的殿堂。当初我们都劝那个初中男同学——

“你做了那么多她还那样对你，就算了吧。”

“我觉得她也没那么好，挺普通的，以后总会遇到更适合的。”

“你到底想从她那儿得到些什么，她真的值得你这么爱她吗？”

可他每次都会和我们说：“你们不懂，我就是爱她，没为什么。”

记得第一次闹分手，是我们刚从香港回来广州那会儿。

那时候我痛苦极了，想尽了一切可能的办法，想去挽回你。朋友叫我出去喝点酒，聊聊天，我就喝得烂醉。朋友都劝我：“你这样子，就更不可能挽回她了。你要振作起来。”

然后他们又劝：“你到底爱她什么啊，把自己弄成这个鬼样，值得吗？”

其实他们都不知道，人为了爱，真的是可以不顾一切的。

《摆渡人》里小玉能为了拯救马力去拼命，而当时的我，却只能借酒消愁。有人说，爱情，其实就是一种感觉。看过张嘉佳的人都必定对这一段对白印象深刻：

“为了再次拥有这份感受，值得冒永远沉沦的风险吗？”

“值得。”

昨晚分手，你最后说了这么一句话：“总觉得，我这样会一直耽误你。”其实挺感谢你能这么说的。但我爱你，没有什么目的。只是爱你。

一辈子，就做一次自己。

这一次，我想给你全世界。

这一次，遍体鳞伤也没关系。

这一次，用尽所有的勇敢。

这一次，可以什么都不在乎。

但只是这一次就够了，因为生命再也承受不起这么重的爱情。愿意为你丢弃自尊，放下矜持，不管值不值，不管爱得多卑微。

我想，就正如《摆渡人》里小玉对马力那份不顾一切的爱，我们大多数人这一辈子，也就有勇气爱那么一回罢了。

今天上午，我穿上了你前几天冒着广州难得有的冷空气，去为我们买的情侣鞋。很合适，大小刚好，朋友看了都说：“欸，这不是 ××× 新出的新款情侣鞋吗？嫂子眼光不错啊。”

我故作开心地回了所有这么说的朋友一脸的阳光灿烂。可我的心，早就被蹂躏了千百遍。我也知道，以后你再也不会给我买

一辈子，就做一次自己。

这一次，我想给你全世界。

这一次，遍体鳞伤也没关系。

这一次，用尽所有的勇敢。

这一次，可以什么都不在乎。

袜子、鞋子，各种内衣大衣了……那双我们还从未一起穿出去的情侣鞋，自此也分隔两地了……

我爱你，没什么目的。

但如果非要有，我希望是：不能再和我在一起的你，以后只会更幸福，笑得只会更阳光灿烂。

在你面前我总是笑点低

昨晚一位读者在微博上给我留言：

不知道你能不能看到，算是你的忠实读者。我最近也不知怎么了，笑点特别低，他随便和我说说话，我就兴奋地笑个不停，朋友都说我是挺高冷、笑点极高的傲娇女王啊，我这是怎么了啊？

我想，她自己其实也知道为什么吧。

× × × × × × × × ×

梓瑞是我一个特高冷的哥们儿，是不少女生心目中的男神。他一度被很多女生以为是弯的，好几次爱慕他的姑娘都偷偷问我："你整天和梓瑞鬼混在一起，你们是不是那个啊？"

害得我一度认为和他厮混的时间太长，是我单身的唯一原因。

有一次我们和以往一样，朋友和朋友的朋友的朋友之间凑了个局。聚会上当然有男有女，我们都聊得很嗨，只有梓瑞整场聚会下来都是耷拉着一张脸，冷冰冰地拒人于千里之外。

好几次几个姑娘有意无意地挑逗他，甚至聚会上那位最耀眼、最吸引男性目光的女生邀请他一起唱首歌，他也拒绝了。简直羞了我们一众男生的脸。聚会结束后大家互留了个微信就散了。后来我们再一次聚会，那个最没存在感、瘦瘦弱弱的女生被起哄讲了个笑话：

从前有一只羊被一只狮子追赶，眼看着狮子就要追上羊了，羊就突然停了下来，转头对狮子说："狮子大王，我可一直都是你粉丝啊。"

狮子说："有何证明？"

羊颤声说："大王，我出生就是狮子座。"

说罢，我们一众人都呆坐在那里，一脸迷之尴尬。

除了那个妹子以及向来高冷的梓瑞在一片尴尬的气氛中呵呵傻笑了起来。

后来的故事相信你知道了，梓瑞后来和那个普普通通、害羞单纯的姑娘走在了一起，再后来的后来，我们才知道，第一次聚会他们俩彼此加了微信之后，就一直聊个不停。

奇了怪了，好像只要真正看对眼的人，平时没话说的也会变得话痨起来。

×××××××××

又想到过年那会儿，我表姐带回来了她口中一直赞不绝口的男朋友。

表姐曾对我们说，她男朋友不仅对她很好，而且还很幽默，整天逗得她哈哈大笑呢，他们在一起五年多，感情好得让我们羡慕。

但过年那几天和他真正接触下来，觉得难免和表姐口里的描述有出入。表姐男朋友确实是个老实人，但显得有些木讷、不太会讲话，我们一直期待从他口中听到几个像表姐之前描述的整天逗得她哈哈大笑。但似乎我们都失望了，除了我表姐。

好几次我这个“准表姐夫”跟我们说一些他认为很好笑的笑话，除了我们一脸迷之尴尬地微笑外，我表姐总是笑得像个小女人，看了让人不想去怜惜都不行。

表姐从小到大都被家人夸，说什么像我表姐这么漂亮的姑娘，以后一定会找一个玉树临风、条件优越的男人。

但她却找了个木讷的工科男，老家还是农村的，听说他足足奋斗了5年，才在我们城市按揭了一套房子，首付四成，还不理会表姐的顾虑，在房产证上只写了她的名字。

看过不少或长得帅、或家境好的男生，却怎么撩一个女生，她都无动于衷。也看过不少或长得可爱、或性格极好的女生，不管对一个男生怎么好，他都毫不领情。可能爱情就是这样吧。看对眼了、相处舒服了，所有别人眼里的不般配都变成了最般配。

别人眼里高冷、拒人于千里之外的男神女神，遇到了自己喜欢的人，笑点也会变得很低很低；别人口里本是索然无味的冷笑话，但只要在你喜欢的人口里说出来，你便会不自觉地嘴角上扬。

所以好好珍惜那些在你面前笑点低的人吧：因为你大概不会知道，有时候，并不是因为你有多么幽默，而只是因为你在我面前，我的笑点才会那么低的。

变得都不像TA在别人眼里的模样。

所以，如果一个笑点很高的人，却单单在你面前笑点变得如此之低，那千万别再傻了。笨蛋，他那是喜欢你啊。

找个能陪你起床的人在一起

一个女人曾对我说："如果我真的确定爱一个人，也觉得他爱我，那我不会和他做爱，但我会选择恰当的时间和他同居。"

当时我很惊讶："这有什么区别吗？"

她故作神秘只幽幽回了我一句："以后等你有女朋友后，就懂了。"

昨晚微博收到一条私信：

安同学，我毕业快三年了，刚出来工作那会儿认识了他，他比我大五岁，因为在公司里他总是比别人要关心我，所以很快我们就在一起了，在一起快一年后，我们就同居了，但我发现他不经常回和我同居的住所，或者半夜三更就消失不见了，一开始他说有很多应酬、出差，但后来我却发现他不止和我一个人同居，我为了他打了两次胎了，也没脸和家人说，我快崩溃了，怎么办啊？

或许之前我看到这条私信，就会明白为什么当时那个女人会对我说那些话了。

一个男人可以对很多女人献殷勤，但每天晚上，他只能陪一个女人睡觉。而且，同居的时间和金钱成本都太大，男人如果只是想玩玩你，如果他未来的规划里也没有你，一般都不会和你同居，即使和你同居，对你也不会太好，爱或者不爱，同居后你能明显感觉出来。只可惜给我私信的这位姑娘，她自己也已经意识到那个男人不爱她，却依然没有下定决心狠心离开他。

何必呢，都是爹妈生养的，他们把你生出来可不是让你被人轻视的。

在我老家城镇里流传着这么一个笑话：一个长得风流倜傥的男人同时交往四位女性，甚至经常每天夜里分配好时间，哄完这个女人睡着后便偷偷溜到另一个女人的香闺，依次循环。终于有一天他的体力越来越跟不上，女人们纷纷怀疑他出轨了，于是开始跟踪他，最后四个女人联手在一次男人同学聚会的酒店厕所里，把他的全身衣服扒光，然后把事情公之于众，令他名声扫地。

他对你好还不够，因为毕竟很多男人都精力充沛、荷尔蒙分分钟爆棚，稍有点姿色的女子，都可能成为他“广撒网”收为炮友的目标。

米兰·昆德拉在《不能承受的生命之轻》里这么写道：跟一

个女人做爱和跟一个女人睡觉，是两种截然不同甚至是几乎对立的感情。爱情并不是通过做爱的欲望（这可以是对无数女人的欲求）体现的，而是通过和她共眠的欲望（这只能是对一个女人的欲求）而体现出来的。

男女之间真正的爱情不是单靠肉体或者精神就能实现，它是需要彼此在精神和肉体都相互融合的状态下才能实现的。但，他是只想和你做爱，还是想与你共眠，这是两种截然不同甚至对立的欲望。

有一种感情是，当你抱着她入眠时，满脑子除了做爱的欲望外没有其他情绪；也有一种感情是，即使你只是抱着她入眠，也会感到一种莫大的满足与幸福。

一个女生曾和我抱怨过她男友："每次完事后，他就倒头大睡理都不理我，sex 的时候对我也特别粗鲁，甚至连看都不看我一眼，而且每次都挑那种最廉价的宾馆，睡醒后就急匆匆叫我穿衣服离开，我能感觉到他不爱我，但我不想放弃，如果我跟他同居了，慢慢地他会不会对我好一点呢？"

很多女人总是抱着这种侥幸的心理，觉得只要自己对他足够好，他就会慢慢也爱上自己。

作为男人，我可以很负责任地告诉你：不可能，即使最后这种男人对你的态度有所改观，那也 99.99% 不是爱情，可能是他的愧疚，也可能是他想让你继续当他的炮友，以满足他的欲望。

别把自己变成男人眼里最廉价的"欲望暂时寄放点"了。找个能陪你睡觉也能陪你起床的人在一起，不会半夜三更玩消失，也不是一天两天，而是一辈子。

就像那个女人曾对我说的：“如果我真的确定爱一个人，也觉得他爱我，那我不会和他做爱，但我会选择恰当的时间和他同居。”

因为同居后，你真的会很自然感受到他到底爱不爱你。能怀着满足之情和幸福感抱着你共眠一辈子的人，大概就是最不嫌弃你，也是最爱你的人了吧。

愿我们都能与过去微笑告别

2015年的最后一天，简单地和宿舍六个人聚会吃完饭后，大家一边聊天一边散步回学校。

我走在一旁听着他们的话，仰头看梧桐树上的叶子。

中原地区的树木不像我的家乡，一到冬季树叶掉得光光的，剩下枝干显得萧条可怜。

这里的树木过了冬至，枝丫上还有很多叶子，昏黄的路灯打在枯萎的叶子上，风一吹，发出簌簌的声响。

心里感到空荡荡的。

学校没有暖气，整个冬天靠着一个红色热水袋和家里邮来的厚毛毯子，把被子一盖塞住缝隙，倒也渐渐习惯了没有暖气的生活。

回到宿舍，室友们纷纷给家里打电话或和朋友视频，我也拿起电话跟爸妈聊了会儿家常。

我问他们工作辛不辛苦，爷爷奶奶身体如何。他们问我吃了什么，天气冷不冷。聊到没什么可说的话，互相道晚安，然后挂掉。跟着热闹抢了一些红包，回复好朋友们的留言，忙了一会儿手机冷清下来。

我坐在木凳上，考虑了好一阵子要不要给你打电话。

终于下决心，拔掉充电线，裹紧长羽绒服，穿着一双拖鞋就跑到天台上，狠狠地按下你的电话号码。

我没想到你那么快接了电话，我侥幸着能够在嘟嘟声的间歇里安抚下跳动离谱的心脏。

听到熟悉的一声："喂？"

我问："嗯……能听到我的声音吗？"

你说："可以。"

你问我在干吗，你说你刚从元旦晚会回来，学校里的操场很热闹。我站在天台上望了望东边的操场，静悄悄的，连路灯都少亮了几盏。

我笑着说，学校里的人大部分都出去聚会了，周围挺安静的。

随便客套了一会儿气氛降下来，两个人在电话两边沉默，我努力地在脑海里找可以说的话题时，你突然说了一句："其实，小安，我想和你说，对不起。"

我张了张口，不知道是该说"没关系"，还是说一句"我也对不起"。

这通电话打了很久，薄薄的拖鞋没有帮我挡住多少寒风，我觉得两只脚冷得有些麻木，有种上身和下体快要分裂的错觉。尽管大部分时间都在听对方的呼吸声，我还是有点儿舍不得挂掉，毕竟不是每个时候都有借口打电话给你。

到最后，我鼓足勇气对你说了一句："遇见你真好。"

你却说："我觉得自己不该出现。"

我忘了怎么结束的通话，可能是我太冷了，可能是你说时间够长了。双手颤抖地灌满热水袋，掀起被子钻进去，像个婴儿一样蜷缩着抱着自己不停地在被窝里打冷战，却在心里笑自己挺厉害，能够在天台上站那么久。终于熬到了12点，手机振动不断，QQ上闪动着一长串的红色消息。

我第一个打开你的头像，你打了"新年快乐"四个字，我也回复你快乐。看着你的头像，我脑袋一短路忍不住问了一句一直都想知道答案的问题：

"我还喜欢你，你相信吗？"

"信吧，可是你别喜欢我了，不值得。"

反反复复看着那条聊天记录，突然听到身体里有什么东西发出重重落地的声响。

最大的悲伤也许是以为眼睛里会流出一湖泊眼泪，却不料湖泊早变成一座淤泥堆积成的荒凉孤岛。

我握着手机在被窝里看了一遍又一遍那条消息，静静地听我身体里被打开的水龙头不停有水滴渗出来坠落，再冻结成冰块，砸向最低处，最后咔嚓咔嚓地碎掉。

我知道，这天下没有不散的筵席，我们之间终有一天会分道扬镳，忘记对方的声音、喜好、五官模样。可能有一天，你的号码拨打过去是"您拨打的电话号码是空号"。我明白这些道理，似乎我越用力，再见就越快到来。

我只是希望能够不那么快离散，不那么快看不到你的消息，我想如果某一天再搜索你的电话、你的地址发现已经换了新主人时，我会比现在更无所适从。

整个晚上手心攥着手机，耳机里无限循环你喜欢的歌。不过我没哭。

我看到过一段话：“一个人出现在你的世界是有道理的，上帝又让他离开也一定有一个很好的理由。”

我很感谢你的出现惊艳了我的世界，那段时光让我得到很多快乐，同时成长了很多。

我想，在新年第一件事是学会告别。告别不是不再联系，不是不欢而散，更不是老死不相往来。告别是放下，放下 2015 年错的感情，放下一直不舍得放下的执念，更是对一直纠结为难的自己说一声“拜拜”。

而那些压在你心里喘不过气的人、事随着时间形成了一块块无用石头，背在身上走在人生道路上一定辛苦，就让它好好待在这里吧。

它属于那段时光，它属于那个人，它属于“过去”。而你要做的就是不回头朝着“未来”努力走去。我不会选择忘记，因为那是你留给我一个人独有的珍贵回忆。喜欢不一定要在一起，在一起不一定真的合适。

如果我对你的情愫不再让你欢喜，如果我对你做出的努力和关心让你忧心愁苦满面，我愿意从此离开，不流泪也不悲伤。

真正的放下也许真的没有想象中那么残忍和痛彻心扉，其实我们只是需要一个重新开始的勇气。我相信，我们遭受的所有的错综复杂凌乱交织，总会有人来打包带走解开谜底。

上帝说，这是命运使然，任何人都单纯可爱。我愿意在我最美好的时光里记住你仍然温暖阳光的脸，我愿意在我最美好的年月里承认你是我当时最喜欢的那个人。

我尽量释然不让“你”成为“我”成长路上难行的包袱，我尽量微笑迎接一个又一个困难不易。如果缘分始终牵扯我们，等到有一日相聚时，我想从我口中只会听到感激而不是怨怼。

我们在这里微笑告别，从此你的生活不再有我，我不难过。

我的生活不再有你，我也坚强度过。

祝你少受波折少走弯路，祝你能够在对的时间遇到肯陪你吃苦奋斗共患难的爱人，祝你心怀感恩宁静平安得到庇佑。

祝你新年快乐。

愿我们都能与过去微笑告别。

这大概就是爱与不爱的区别吧

总有人问我："看你写了那么多关于爱情的文章，那你自己的爱情观是怎样的呢？"

大多数时候我只会回那么一句："不十分确定时，绝不会轻易开始；可要是确定了，我希望会是一辈子。"

昨晚深夜，微博收到一则私信："小安，他是不是不爱我了啊？以前他每天都会主动找我聊天的。"

我强忍着睡意正准备回复她时，另一段长长的私信又发了过来——

"我知道他工作是挺忙的，但他以前工作也忙啊。可是从没像现在这样，对我这么冷淡。就算没了一开始热恋期的腻歪，也不会像现在这样吧。今天我主动和他分享了自己的生活状态，可他不是不回复，就是很久很久才回复一个'嗯'。然后我怕打扰到他工作就没再找他了。到了晚上他下了班回到了家，我又发信息给他，主动问他要不要一起看个电影，但是他支支吾吾的，说什么周末想好好休息，不想去。最后我回复了‘嗯’，他就再也没理过我了。可就在刚刚，我发现他更新了朋友圈，说新上映的一部电影不错，推荐大家去看。那一刹那，我真的快被气哭了。那是一部爱情电影，他会是和谁去看了呢？”

当时我回复：“其实你心里是有答案的吧，我不能立刻建议你分手之类的，因为你们的具体情况我并不清楚，两个人先好好沟通，最后如果真的发现了什么端倪，觉得他不再爱你了，还是趁早分手止损吧。”

其实世界上绝大多数的分手，都是一个人还爱着，而另一个人心却早已跑了。当热恋的潮水退去，其实我们的生活模式都差不离——柴米油盐酱醋茶……各类的琐事。只要稍微有一个人没那么爱或者忍受不了这般平淡无奇的生活时，两个人的分歧和裂痕也便越来越大。久之，两个人的三观便会在这些鸡毛蒜皮的小事上互相打架了。

一对恋人相爱，热恋的时间不会很长，但是相处的时间却很长，彼此是否能放下热恋来好好一起经营一段感情，就显得尤为重要了。

热恋都是浪漫的，可相处是平淡的。

白落梅在《你若安好，便是晴天》里这么写道：“这世上，不是只有烈酒才能醉人，不是只有热恋才会刻骨。有时候，一份清淡，更能历久弥香；一种无意，更能魂牵梦萦；一段简约，更可以维系一生。”可见，如果两个人能在平凡的日常里，发现不平凡，是可以相濡以沫，共度余生的。

但这有一个前提是两个人都愿意在热恋潮水退去后，仍然珍惜彼此，一起去探索发现平凡中的不平凡。

很多人,特别是年轻人,都会把“好感”当成喜欢,甚至当成爱,其实这是极其幼稚的想法。

我一直觉得，我们每一个人，一辈子都会对很多人产生好感，这些好感暂且可以称为“喜欢”，但绝不能认为那就是“爱”。而问题也就出现在这里，很多人一段恋情的开始，可能往往只存留在“好感”或者“浅度喜欢”的状态。那么一旦“热恋”“新鲜”的潮水退去，你们再回头一看，才发现“啊，原来我们俩什么都没经历过啊”。

因此没接受过任何考验、经历过任何风雨就走在了一起的你们，往后的日子里，一件鸡毛蒜皮的小事便会压垮你们所谓的“爱情”。只有一起热烈拥抱走过了充斥着荷尔蒙气息的热恋，然后又能牵手好好经营平凡日子的两个人，最后才能够走在一起。

而这，才能称为“爱”。

什么是爱与被爱的区别?

我想，大概就是，在我们的热恋、好感新鲜期过后，你给我发一个“嗯”，我还是会继续和你说话。可是我发一个“嗯”，你就没有然后了。

我想这大概就是爱与不爱的区别吧。

谨希望，我们都能遇到认真而不是在游戏爱情的另一半，然后在轰轰烈烈的热恋后，手牵手一起好好经营咱们的平凡日子。

共勉。

PART 7

不抱怨，只为遇见更好的未来

然后我就好好爱他

有人问我 ：“小安，谈了很多次恋爱，却越来越发现自己爱无能了，这是怎么回事啊？”

我说 ：“那就去看村上春树吧。”

时至今日，我依然能脱口而出高中时读村上春树《挪威的森林》里绿子和渡边的一段对话——

“我真希望拥有真爱，哪怕一回都好。”

“你想要什么样的真爱呢？”

“比方说吧，我跟你说我想吃草莓蛋糕，你就立刻丢下一切，跑去给我买，接着气喘吁吁地把蛋糕递给我，然后我说‘我现在不想要了’，于是你二话不说就把蛋糕丢出窗外，这，就是我说的真爱。”

“我觉得这跟真爱一点关系都没有嘛。”

“有啊，我希望对方答道 ：‘知道了，都是我的错，我真是头没脑子的蠢驴，我再去给你买别的，你想要什么？巧克力慕斯还是芝士蛋糕？’”

“然后呢？”

“然后我就好好爱他。”

××××××××

敢爱敢恨、刚烈的绿子容不得渡边心中一直只有直子，因而选择了主动离开，消失在茫茫人海中。

有人说绿子最后和渡边在一起了，但我觉得，从小说一开头描写的八十年代，当渡边听到那首《挪威的森林》难受得直不起腰来的时候，就已经告诉了我们：渡边彻底失去了直子，也没有抓住绿子，玲子也到另一个城市开始了新生活。最后的最后，谁都没留下，只有彼此崭新的生活。或许爱情就是这样，客观因素因病魔留不住的、主观因素情感上不珍惜的，最后留下的都只有遗憾。而有幸珍惜了的，便是一辈子。

××××××××

今年八月中旬，我去参加了一高中同学的婚礼。

婚礼上，美丽的新娘在大家的起哄下，涨红着脸絮叨着她的爱情故事：“我也不知道为什么，稀里糊涂就喜欢上他了，再然后就离不开他了。如果说我之前一直在顾虑要不要嫁给他的话，那让我下定决心的就是有一次和他去旅游，我们到了一个偏僻的郊外，当时我皮肤过敏，半夜里大腿上起满了包，他偷偷一人趁我睡着打着手电筒到小镇那里给我买了一堆治皮肤病的药。我也不知道他怎么做到的，半夜里小镇的诊所居然给他开门。”

新郎官随后调侃道——

“我们在一起整整四年，我对她好了整整四年，都没让她下定决心嫁给我，可没想到最后居然被一堆治皮肤病的药膏给搞定了。”

这也许就是大家耳熟能详的那句话吧——

细节决定爱情。

××××××××

这让我突然想起了爷爷奶奶。

暑假回老家看望他们时，在餐桌上的我想当个孝顺的孙子，二话不说就夹起菜盘里让人垂涎欲滴的虾肉，要往奶奶的碗里送，可当即就被我爷爷喝住：

“你吃你吃，她不能吃，吃了虾你奶奶会闹肚子，风湿病也会犯。”

自我懂事以来，我的记忆里除了爷爷奶奶常年坚持不肯到他们任何一个儿子的城市家里颐养天年、还坚持务农养鸡养鸭继续给他们城市里的儿子送“农家菜”表达暮年之爱外，就是他们彼此的相濡以沫、白头到老了。

6月份我奶奶住院，我的爸爸和伯伯们怕爷爷担心，总跟他说奶奶没事，住院情况良好，还特地让爷爷和奶奶通电话。可爷爷担心到连电话里的奶奶的声音都不肯相信：“我要亲眼看到她，才相信你们的话。”于是我们只得在老家拉网线让二老视频通话。而之后，爷爷便每天都要和奶奶视频，而二老耳朵又不太好使，所以每次视频说话都特大声，导致医院的护士好几次都以为爷爷奶奶他们吵架呢。

每次视频通话后，爷爷都会和我们唠叨上好久：

“你奶奶嘴巴起了泡，别让她吃医院的饭菜，自己煮才不会生热气。”

“医院晚上空调是不是很冷啊？要自己多准备一床棉被。”

“你奶奶这次脸色不是太好，你们要问问医生是不是手术后的原因。”

……

我从未听过爷爷奶奶互相说过任何一句“我爱你”之类的话。但我的爱情观，都是从看着他们这些琐碎小事里建立起来的。奶奶 14 岁跟了我爷爷，现在奶奶 89 岁，爷爷 94 岁。

他们一爱，就是近一个世纪。

× × × × × × × ×

其实，爱情哪有那么多山盟海誓呢？

它就是柴米油盐酱醋茶啊，它就是鸡毛蒜皮、家长里短啊。

爱你的人，再粗心也能注意到外人察觉不到的细节，TA 对你的爱是纯粹的，爱了就是爱了，付出了就是付出了。

就像绿子说的：“比方说吧，我跟你说我想吃草莓蛋糕，你就立刻丢下一切，跑去给我买，接着气喘吁吁地把蛋糕递给我，然后我说‘我现在不想要了’，于是你二话不说就把蛋糕丢出窗外，这，就是我说的真爱。”

很多人可能不明白，明明买了你想要的草莓蛋糕啊，为什么扔了还是真爱？

因为爱情的本质本来就是——

你对我所有的付出，我不一定要接受，也不一定会回报。

可一旦我接受了，那我就好好爱你。

因为爱情的本质本来就是——

你对我所有的付出，我不一定要接受，也不一定会回报。

可一旦我接受了，那我就好好爱你。

不要随便找喜欢的人聊天

看过这么一段话：

“早上不要随便找喜欢的人聊天，因为TA的态度决定了你今天一整天的心情；中午不要随便找喜欢的人聊天，因为TA的态度决定了你中午吃不吃得下饭；晚上不要随便找喜欢的人聊天，因为TA的态度决定你能不能睡得着。结论：不要随便找喜欢的人聊天。”

1. **“喜欢就去表白啊，反正我又不只想和你做朋友。”**

我有一哥们儿阿邦，完全没有我们东方人的含蓄。他的爱情座右铭就是：喜欢就去追啊，不然只做朋友岂不更痛苦？

去年，在他追求一女生近一年表白失败后的那晚，我陪他喝得酩酊大醉。他说：

“我知道有人会说，爱一个人不一定非要和TA在一起啊，TA只要幸福就够了。但你连尝试追求的勇气都没有，又怎么知道你们不能一起拥有幸福呢？人干吗要活得那么累啊，喜欢就是喜欢，那就去追啊。我知道你们在背后有时会笑话我，但你们有了喜欢的女生，又有几个像我这样敢大胆去追的？就像你，从高中到大学，再到毕业工作到现在，都一直喜欢着彭益雯，但你表白过吗？你表白过了吗你？”

当他说这些话时，我真感觉自己挺窝囊的，就趁着酒劲拨通了益雯的电话，但还没等电话接通，我就泄气了，赶紧挂了。

我真的怕失败，怕最后连朋友也没法做。有时候我真的很羡慕阿邦敢爱敢恨的性格，或许这才是青春应有的色彩吧？不表白，你可就连被拒绝的机会都没有。

2.“那我不找你聊天，我就带你出去玩儿。”

阿邦去年表白失败后，仍然没有放弃。他说，刘备还三顾茅庐呢，我这小卒算什么，理应赴汤蹈火在所不惜啊。我是真的真的很喜欢她，但她却觉得我不正经，觉得我不是真的喜欢她，或许是因为我性格的问题吧。阿邦始终坚信，一见钟的不是情，是脸，陪伴才是最真情的告白。有的人表白失败后也就放弃了，也有的人表白失败后，觉得只要再死缠烂打就一定能成功。阿邦表白失败后，既没有放弃，也没有死缠烂打。

好像这事就没发生过一般。

她喜欢参加流浪猫流浪狗的救助活动，阿邦就经常拉上我们这一帮朋友陪她一起去；

有各种好玩的，为了避嫌，阿邦总会以一大群朋友的名义拉她出来；她生病没来上班，阿邦就连着好几天做好汤饭、补品让她闺蜜捎给她；就连春节她回家的火车票，也是阿邦蹲点帮她抢的，阿邦贱贱地对她说：不用谢我，过年回来带点特产给我就好了，也不要太多，一箱就好了，没力气搬的话我就过去帮你拿……

当然阿邦也会偶尔麻烦她，要她给他送个文件啦、去商场顺便帮他买个剃须刀啦之类的小事。阿邦说，感情是麻烦、相处出来的，两个人需要彼此偶尔麻烦一下，这样你在对方心里才会慢慢有分量。

有点贱。

我们都以为，等阿邦热情消去，也就那样了。但他足足坚持了两年多，直到上个星期，他们在一起了。聚会时，我们调侃阿邦女友："怎么滴，去年把我哥们儿整得那么惨，喝得酩酊大醉的，这次阿邦这小子用了什么魔法把你这大美女征服了啊？"

她的回答简单得让我们有点不可信："其实没什么啊，以前是觉得他有点不正经，以为他就是玩玩，但他总带我出去玩，带我认识他身边的朋友，陪在我身边，不像其他男人，我拒绝后就永远消失不见了。所以慢慢地就放心啦，知道他不是闹着玩儿的。"

原来很多时候一个女生拒绝你，是因为还没有感受到足够的安全感。喜欢她，不要随便找她聊天，你要带她出来玩，带她去认识你的朋友；要制造你们共处的时间，要让她有足够的机会去了解你；要用实际的行动表明你在乎她。

如果你只停留在聊天的表面上，那 TA 永远也感受不到你的真诚，你要找 TA 出来玩，要去陪着 TA，用实际行动让 TA 感受到安全感。

3. “没有安全感，再怎么聊也是白搭。”

很多人总觉得，我都那么喜欢你了，你也不讨厌我，但怎么就不行呢?

其实很简单，你可能只是嘴上说说罢了，真正的安全感，光靠说是远远不够的，你要有实际行动。喜欢不是说说而已，不是光靠在微信、QQ 上聊聊天就够的。没有实际行动的支撑，没有让 TA 感受到足够的安全感，再怎么聊也是白搭。

所以，不要随便找喜欢的人聊天，真正的安全感只有实际的行动才能给。

你不知道安全感有多重要

韩国作家朱耀变说："男女之间真正的爱情，不是单靠肉体或者精神所能实现的，只有在彼此的精神和肉体相互融合的状态中才能实现。"

英国著名作家劳伦斯更是这么说道："其实，性和美是一回事，就像火焰和火一回事一样。如果你憎恨性，你就等同于憎恨美。"

那为什么那么多女性，即使和男朋友交往的时间不算太短，却迟迟不肯和他啪啪啪呢？

为此，德国柏林性学研究所的专家专门调查了 2000 位女性针对这个问题给予回答，并总结整理出了答案。

他们希望借此，帮助男女之间多些了解，更加亲密。

这份调查显示，女生迟迟不肯和男朋友啪啪啪的原因很多。

比如：

"我不敢跟他 sex，是因为我怕怀孕，虽然现在避孕措施已经很先进了。”

“我其实不是很保守的女生，但他给我的感觉总少了点什么。”

“他表现得挺急的，让我感觉不自在，就没心情了。”

“上一次约会我本打算和他那个的了，可他和我约会时接了三个电话，其间一直低头玩手机，约会到一半我就生气走了。”

“有一次我问他，要是我不小心怀孕了怎么办，我以为他会让我生下来，但他居然沉默不语，眼光躲闪，一下子没了心情。”

……

但随着德国柏林性学研究所深入调查发现，虽然女生不肯啪啪啪的原因有很多，但其中最重要的只有一个：男性没有给女性足够的安全感。

想起近代精神分析心理学奠基人西格蒙德·弗洛伊德在《梦的解析》里说过的一句话：

男人是用下半身思考的。但女人则不同，她在发生性行为之前，考虑得比男人复杂多了，因为女人发生性行为后的风险更多，不仅面临着怀孕、感染妇科病的风险，还要遭受社会舆论的压力。所以一个正常的女性，男性如果想要和她啪啪啪，一定是在他给足了安全感的情况下才可能发生的。

我的一位整整认识了13年的好朋友，Nina，她是一家深圳外企的一个小主管，前段时间她刚和那位无论外表实力还是外在（钱包）实力都很强的前任分手了。

她说："我们认识半年多，他一个礼物都没送过给我，也没介绍过任何他的朋友给我认识。但好几次约会都不想送我回来，想在外面开房。当我傻啊，我虽然钱没他多，但好歹是外企 500 强的主管好吗？真当我是卖肉的啊。"

有些男人就是那样。以为开个跑车，穿几件阿玛尼，女生就会乖乖陪他去开房。没错，这些伎俩可能会骗到一些涉世未深的姑娘，但遇到真正经济和人格上都独立的姑娘，你没戏。

要知道，骗到和买到的啪啪啪只能叫性交，是动物性的，和真正相爱的人啪啪啪，那才是爱的自然流露。

弗洛伊德还说过：

"禁欲对身体是有害的，严重者男女皆可出现神经症病状，如失眠、食欲不振、性格孤僻、易发'无名火'等，这是一种性抑郁的表现。"

性需求本是一种天性。但只有天性，想让女性献身是远远不够的。

我一个结婚多年、生活幸福的朋友也曾对我说，当初她和现在的丈夫认识半年就把身体交给了他，但却从没给过之前那个整整交往两年多的男朋友，因为在他身上感觉不到归属，在他面前总少了那么一份安全感。

对啊，绝大多数女性，找的不就是一份安全属性高的爱情吗？给足她安全感，让她在你身上能看到未来，感受到归属感。那么，相爱的两人，啪啪啪就是水到渠成的事了。

所有的分手，都是因为不够爱

记得在前段时间正值双十一购物节那几天，打开朋友圈，放眼望去，似乎所有的人都陷入了剁手的狂欢之中。

可我的铁哥们儿铭恩却无论如何也开心不起来。

因为当天凌晨 00:00 那会儿，他忘了打开淘宝帮他那位还在加班的女朋友抢单，导致他女朋友好几天前精挑细选的货物几乎全部缺货，之后再买却没那么多优惠了。

铭恩女朋友只甩了一句——“连这么简单的事情都办不好，还要你干吗，真没用。”

说罢就要和铭恩分手，怎么哄、怎么解释都没用。

一开始我调侃铭恩：“你也真是的，还不知道女人这种生物吗，干吗不设个闹钟啊？”

然后铭恩才告诉我，昨晚他在医院忙活了一整晚，他奶奶突发旧疾住院了。

“那你干吗不把这件事告诉她？”

“告诉了啊。但她说这两件事又不冲突，下个单也不用太久，我就是不在乎她才这样做的。”

了解了事情的来龙去脉后，我只丢给了铭恩一句话——“这样的女人，你早点分了也好，现在不分，你还真想留着供着呀。”

这不禁让我想起我那个恋爱谈了七年，结婚也已经四年多的哥们儿阿镔，现在他和嫂子的感情比恋爱那时还有过之而无不及，是我们这群朋友里最受羡慕的一对了，没有之一。

有人会问，这样的伴侣，矛盾很少，平时也一定不太会吵架吧。错！我们这群朋友，在这 11 年里都不知见证他们多少次的大吵小吵了。世上根本就不可能存在不吵架的长期情侣，除非彼此真心都不在乎对方。

可为什么阿镔他们吵了那么多架，最后不仅没分，还感情越来越好了呢？

因为他们俩都是真心深爱，尊重、在乎着彼此的；

因为他们俩都会自我反省而不会把错只推给对方；

因为他们俩都会适时适度彼此低头、让步和谅解。

有些情侣因为生活琐事而最后分道扬镳；可有些情侣的感情却恰恰因生活琐事而慢慢升温。

我们在乎那个人，才会用心和用感情去跟他吵架，情侣之间的吵架，是种新的发现，一种生活的调剂，也是种了解。

年轻的时候，我们每次吵架都以为会分手，长大之后，吵架不再是一种发现，一种调剂，一种了解，而是一种互相依存。再看看铭恩的女朋友，仅仅因为铭恩真的有急事（那晚他奶奶急病住院了）忘了帮她抢单，然后无论铭恩怎么解释怎么哄都没用，甚至连个架都懒得和铭恩吵，就这么决然地分手了。

这样的爱人，要么是根本就不爱你，要么真的就是自私到了极点，登峰造极的那种。

而无论她是哪一种人，都绝对不适合和正常人谈恋爱。

所以我建议，如果——

你不爱一个人，你真的自私到了极点，你不会尝试去尊重、理解爱你的人，那么，真的求求你了，就好好享受单身给你带来的快感吧，别出来害人了，你目前真的不适合谈恋爱。

× × × × × × × × ×

看过这么一则很好玩的段子——

14 岁

“妈，我有女朋友了。”

“分手吧，你们还小。”

15 岁

“妈，我有女朋友了。”

“分手吧，学业为重。”

16 岁

“妈，我有女朋友了。”

“分手吧，你们还不懂爱情。”

18 岁

"妈，我有女朋友了。"

"分手吧，快高考了别耽误。"

21 岁

"妈，我有女朋友了。"

"分手吧，找个条件好的。"

24 岁

"妈，我有女朋友了。"

"在一起多久了？"

"十年。"

×××××××××

也看过一句曾经刷爆了朋友圈的句子：

"所有的分手，都是因为不够爱。"

这句话可能难免绝对了些，毕竟有些分手可能真的是因为彼此不够理解、不会沟通；可能是因为某一方真的自私到了极点；也可能真的是迫不得已。但我相信的是，深爱着彼此、尊重着彼此，且会自我反省、适时适度低头让步和谅解对方的情侣，是很难分手的。

最后以《离婚律师》里的一句话作结：

"即便是世界上最幸福的婚姻也有 200 次想离婚的念头和 50 次想要掐死对方的念头。而你现在仅有一次想离婚的念头，这说明什么？"

共勉。

三观不合，真的不能在一起

陈粒在《小半》里如此唱道——

/ 不敢回看

/ 左顾右盼不自然地暗自喜欢

/ 偷偷搭讪总没完地坐立难安

/ 试探说晚安，多空泛又心酸

/ 低头呢喃

/ 对你的偏爱太过明目张胆

/ 在原地打转的小丑伤心不断

/ 空空留遗憾，多难堪又为难

简直把所有痴男怨女的心境都给唱了个遍。

我们每个人在爱情的旋涡里兜兜转转，总想找到那个合适的人，但遍体鳞伤后却才发现自己就是那个在原地打转的伤心不断的小丑。

昨晚，2017 新年的第一天，在所有人都沉浸在元旦其乐融融的气氛时，我大学时期玩得超好的朋友雅君，却在遥远的异乡——气温早已零下十几度的哈尔滨一小旅馆里独自黯然神伤。

她那个当初在广州读大学追了她整整四年的哈尔滨男友小 A 居然在被雅君发现他和其他女生勾三搭四时恼羞成怒把她赶了出去。

当时我正在外面和一伙人热热闹闹地欢度元旦，在去上厕所时才看到向来只聊微信的她从哈尔滨给身在广州的我打了好几个长途电话。

我预感不妙，赶紧给她回了过去。

当她独自在寒冷的哈尔滨小旅馆里跟我说这些事时，我只是偶尔提醒她一定要穿多点，注意保暖别感冒了，其余时间都在认真倾听，我想，这大概才是我能给她的最好安慰了吧。

其实当初她接受小 A 时，我们一帮朋友就没少劝过她：“他追了你四年你都没什么感觉，你自己不也说了吗，你们两个人聊不到一块去，所以现在千万别因为所谓的感动就接受啊。我们好几次聚会，发现他虽然人不错，但感觉你们真的不太合适啊，很多事情你们的看法几乎都是相反的，这样以后肯定会有很多争吵的。”

……

可雅君最后还是被他的真诚所打动，离开了生养她的广州陪小 A 远赴遥远的哈尔滨打拼去了。之后三观极度不合的他俩还真没少吵过架，只不过这一次不同，小 A 居然在自己的丑事被发现后把雅君直接赶了出去。

要知道，现在的哈尔滨有多冷。可我知道，再冷，也冷不过雅君的内心了。

有人会觉得这是因为他俩性格不合，又因为一个老家在广州，一个则在哈尔滨，所以才不合适。可我要说一个我家的例子。我爷爷奶奶生了九个儿女，其中我最大的大爷的儿子，也就是我的堂哥娶的媳妇是安徽的。

当初我大爷一家人极力反对他们的结合，认为广东人和安徽人差异太大，而且我堂哥性格沉闷，而堂嫂性格活泼甚至有点“泼辣”，所以在一起之后肯定生活不到一块去，久了一定会出问题。但我堂哥很坚持，他后来的婚礼也没得到多少人的祝福。

那时候我才读小学，但印象极其深刻的是每每看到堂哥和我堂嫂在一起时，感觉他俩总有说不完的话，别人想要插话都有困难。现在十几年过去了，他俩生了一男一女，一起经营着一家牙科诊所，还打算在2017年开多一间分店呢。

我每次节假日去拜访他们，依然能清晰地感受到他俩的恩爱和默契。真是羡煞旁人。所以要判断TA是不是对的那个人，地域差异、皮肤差异……所有这些所谓的“差异”都真的不是判断的标准。TA是不是那个对的人，唯一的标准其实就是——你们的三观相不相合，相处累不累。

性格不合不是重点，不是有人还说有差异才会有吸引吗？三观不合，才真的不能在一起。因为三观不同，一句话都会嫌多。

我们要是能从浩瀚的人群里，

找到与自己三观相合的人，

那不管是爱情还是友情，

相处起来真的会愉快不少。

我想，人和人之间一定存在磁场这回事，沿着三观向外辐射。有人说了千句还是拉不近距离，有人坐在对面不说话也不尴尬。你一个眼神，他大概就懂了。频率相似的人顺其自然就会聚在一起，磁场不合的人讲几句话也在翻山越岭，你始终到不了。

我们要是能从浩瀚的人群里，找到与自己三观相合的人，那不管是爱情还是友情，相处起来真的会愉快不少。

所以，三观不合的人，真的不能在一起。

你听没听说过“性单恋”

“我大概这辈子也不会再恋爱了，就更别说结婚了。”朋友小糖下午突然如此沮丧地这么对我说。

我赶紧问：“怎么了，至于吗，不就是一次失恋吗？”

“不，是第19次了。”

她继续跟我说道：“你知道‘性单恋’这个词吗，我觉得自己就是。每次都想好好地爱，但就是做不到。在一起之前明明很喜欢很喜欢啊，可在一起之后所有的感觉就全变了，甚至会厌恶起和他的这段关系来。他越对我好，我反而会越反感，然后一切一切的好感，全感觉不到了。”

看着小糖极度失落的表情，我突然想起了另一位男性朋友阿邦。

他在三个月之前的一次酒桌上，突然狠狠揽住了我的胳膊，然后面带醉意，呼出一口呛鼻的酒味，紧紧盯着我的脸，低沉吐出一句：“上个月初公司体检，我啥事都没，可我就他妈觉得自己有病。”我知道他是什么意思。

他和小糖一样，也是一个谈了十几次恋爱却毫无结果的人。

这样的人通常有几大特征——

一、谈恋爱之前明明很喜欢，但在一起之后却经常表现出无感，甚至是反感厌恶的情绪。

二、会抵触正常情侣之间的甜蜜浪漫，反而会更喜欢对方的冷淡或无感。

三、很向往一段浪漫的恋爱关系，却很难或者根本不会和别人在现实中发展。

这就是所谓的“性单恋”。

维基百科是这么定义的：性单恋（lithromantic），指的是在你对某个人产生好感后，当他对你有同样感情后，你就会讨厌这种感情，甚至不再喜欢他。

下面这幅漫画就颇为形象地总结了“性单恋”最大的一个特征——“我喜欢你可以，但你千万别喜欢我”。

“性单恋”甚至被很多人骂为贱人，因为从表象上看，“性单恋”身上有着一股“我就喜欢你不喜欢我”的诡异。而且这样的人在生活里一般都会被骂成“渣男”“渣女”。“在一起之前你明明很喜欢我的，在一起之后却完全变了样。”这种行为实在很可耻。

不可否认，我们现实生活里，其实存在着很多这样的“性单恋”，他们自己也搞不明白，自己为什么会变成这样，他们自己也很苦恼，甚至很多人因为自己有这个心理倾向，选择自残或者自杀的方式来结束这一切。

“性单恋”的成因，心理学流派里一般将其归咎于一个人的成长环境，特别是在缺爱的家庭成长环境中。“性单恋”们一般骨子里在感情上是自卑的，觉得自己是不配被人爱的。

小糖就曾和我说过，她从小几乎就没得到过父母的关怀，更多的是看到他们无休止地争吵。她有这么一句话让我颇为震撼——“就算以后我结婚了也不敢生孩子，因为我父母就没教会我到底该怎么去爱别人，我怕我的孩子也会变成这样。”

知乎上有一位匿名的“性单恋”这么说道：“我一直认为我这种症状不是性向而是心理疾病，想再大一些去看看心理医生。从初中到现在谈恋爱嘛（现在大学），说实话谈过很多场，时间最长的是三个月（中间还有一个多月在放假谁也没有见到谁），都是看到喜欢的人自己追，追不到就死去活来几周那种，有的就是朋友嘛，聊天聊着聊着就产生好感想猛扑的那种，有的也不知道为什么就是很想追，但一旦到手，相处几天就会因为对方一点点不好或者自己觉得不好很恶心对方，比如今天他发型不好看或者什么。真的是恶心到看对方一眼都不想看，心里明知道他非常好有很多优点，但就是没办法，自己也是很纠结。我一直认为这种情况是因为没有碰到真正喜欢的那个人，但是回头看看真的不太确定这些都是不是偶然，而日久生情这个词也从没在我身上发生过，但追人的状态自己真的很难受又很享受。看到这个词之前我相信还有跟我一样的人，只是因为年纪小还没有遇到。看到这种性向，我希望和我一样的人不是这样，能长长久久谈一次恋爱。”

他们会主动地“限制”和“压制”自己与他人的亲密，内心有很强的被爱需求，却很难真正正常感受到爱，也很难用常人的方法去爱别人。

那么，这是不是就意味着“性单恋”们永远无法开始一段正常的感情呢？当然不是，不过也很不容易，毕竟这是一个人从小形成的回避型依恋心理。有这种心理趋向的人，建议最好去咨询正规的心理医生。

在平常的生活里，不妨这样不断地暗示 / 训练自己——

一、“性单恋”的根本原因是因为缺爱后形成的自卑，所以你首先要在生活、工作中变得更优秀，慢慢重拾自信。

二、不要逼迫自己去开始一段感情，而是顺其自然，并且告诉自己，每个人都有被爱和爱的权利，不必感到“配不上”。

愿我们最后都能正常地去爱别人，也正常地被别人爱。

睡了吗？其实是一句情话

昨晚大条突然问我："一个女生如果时常问你睡了吗，是什么意思啊。"

我感受到了满满的恶意，回复了他一个无语的表情，就面无表情睡去了。

1.“至少，TA 不讨厌你。”

如果一个异性，时常问你睡了吗，那至少表明，TA 并不讨厌你，可能对你有好感，甚至就是喜欢你啊。

曾有人问我："你深夜实在睡不着会怎么办？"

我说："找我能信得过、能说心里话的朋友或有好感的异性聊天，或者……打游戏啊。"

深更半夜经常找你聊天的，要么是铁哥们儿、闺蜜，要么是对你有好感，至少不会讨厌你的人。

当然啦，如果一个几乎从没找过你的人晚上突然问你："睡了吗？"

相信我，要么就是真的有急事，要么就是找你借钱找你投票找你帮忙等等。

“睡了吗？”这其实可以是一句情话。

试想，一个人需要提起多大的勇气，才敢小心翼翼在聊天窗口敲下“睡了吗”三个字，然后又需要有多大的决心，才最终按下了发送键。

2. **“把你当知心朋友，才敢在深夜不要脸地找你唠嗑。”**

当然，问你“睡了吗”的人不一定就是喜欢你。但我相信绝大多数人，都是很在乎自己那张脸的。要我在深更半夜给一个平时不怎么要好的朋友发“睡了吗”，真的做不到，难道你真的找他借钱去？

能在深夜和你聊天聊到忘了时间的人，要么是喜欢你的人，要么就是一生中不可多得的知心朋友。

曾看过一个街边的调查视频，问题就是：生活中你最珍惜哪些人？

结果显示，超过54%的人表示：最珍惜那些能在深夜陪我唠嗑、谈心甚至哭泣的人。

我们，一辈子可能也遇不到几个。我曾在失恋那段最痛苦的时间里，经常深夜睡不着就找从初中玩到现在仍然好到不行的朋友聊天，甚至有几次，他担心我想不开，连夜Call了几个人，深夜打的来我学校陪我轧马路，就单纯地一起坐着，很久很久。

无须多言。

3.“当然不排除，他就只是找你聊骚的。”

薛之谦在《演员》里说道：

“简单点，说话的方式简单点。”

除了有喜欢你的潜在对象、好朋友会经常对你说“睡了吗”“在干吗”“要不要出来玩”之外，不排除有很多人，TA 只是找你聊骚的。

有一次我小妹对我说：“哥，你们男人都那么恶心吗？我在一个活动上碍于面子加了一个男人的微信，他也有女朋友，但整天在微信里问我‘在干吗’‘睡了吗’‘要不要出来玩’。三番五次告诉他要珍惜他女朋友，没事别整天烦我，但他就是死不要脸。一气之下删除了他，他竟然又想重新加回我，明确表示不想加之后，甚至骂我婊子、死三八等等，气死我了。”

这就是典型的“聊骚男”兼“渣男”。

有人说：“找一个能好好陪你聊天的人在一起。”

但有些人，明里打着聊天的旗号，暗地里却早想把你骗到各大胡同里的廉价宾馆的床上了。

对这种人，要抛弃你的任何幻想，不要以为他是真的喜欢你，能离多远离多远。

4.“睡了吗？”“啊哈哈哈哈，快了。”

“睡了吗？”如果你对 TA 没好感，麻烦请说：“嗯，啊哈哈哈哈，快了。”

然后别和人家多聊，要知道，你只要多聊一句，人家就可能也以为你喜欢 TA 呢。

当人家问“睡了吗”——

如果你对 TA 也有好感，麻烦请说：“嗯，啊哈哈哈哈，快了。”然后请和 TA 掏心掏肺地聊，要知道，你这么直白不要脸的表现，只要不是傻子都能明白你的意思。

当人家问“睡了吗”——

如果 TA 有女朋友 / 男朋友，还整天和你聊骚，麻烦请说：“嗯，啊哈哈哈哈，快了。”

然后请打开聊天窗口，爽快地按下“删除好友”或“加入黑名单”键。

千万别客气。

饮食男女，人之大欲存焉

昨晚我的读者微信收到一则私信：

小安，你好，关注你的号已经有一段时间了，现在希望能和您讨论一件情感方面的事情，非常感谢！我算是个乖乖女，也近三十了，出生在书香家庭，所以经历和性格都比较简单，因为喜欢运动生活也算安逸，所以看起来不很显老。毕业以后不久我就结婚啦，对方是一名同行，也是媒体行业的，主要是年龄、身高、长相、工作、家境都比较合适，所以婚结得早，也过得挺幸福。他也是我第一个发生性关系的男朋友。当时的我对性方面非常没有经验，如今也不算技艺精湛而且从未想过沉迷于此。

直到不久前，我遇到了一个学舞蹈的男生，他小我很多，算是互生好感吧，奇怪的是，见到他以后我终于知道移动的荷尔蒙是啥意思了。我纠结斗争了很久，大概快一年吧，最后还是没抵御住诱惑和他发生了性关系。对此我非常愧疚，如果你批判我我全盘接受。

但是我除了愧疚，真实感受是，在和他接吻的瞬间，感觉世界都亮了，仿佛突然飘起粉红色的泡泡，告诉你世界如此美好。我第一次知道性爱可以如此美好。说实话，我的老公人好我也挺爱他，但在这方面我如今才知道感受可以相差这么多。我不想刻意贬低，但这是事实。

我承认我也是个贪心的人，我一直尽量避免对小男生的情感投入，甚至希望把他当作炮友。但事实很难。通过此事我也开始怀疑我老公并没那么爱我，是否更爱他的前女友，此前听他叨叨过他们的经历。

唉，我不知该如何做，我想我不能离开稳定的生活，但又向往投入的爱情。

求指点。再表愧疚。谢谢！

当时我并有立即答复她，而是在征求了身边一些好友以及在各种因素的综合考量下，这么回复她：

你好！

一、鉴于你说还挺爱你丈夫且他人挺好，只是在性这方面目前满足不了你，那建议先和他沟通，彼此平时增加点情趣，很多事情都是需要磨合的，所以也当然包括了性。

二、你的婚外情我不做任何道德性批判，但我不支持。

三、性在一段感情里（特别是长期性的或者本身就是夫妻关系的）非常重要，据统计，离婚案件里超过一半都是因为性生活不和谐。

四、请自己考虑清楚——“是不是和丈夫在性方面真的就到了不可调和的地步了？”如果不是，尽早和那个男生断绝关系，不要一直陷下去，然后慢慢和你的丈夫磨合；如果是，你又不想一直活在愧疚之中，尽早离婚，不然最后你的丈夫受到的伤害只会更大。

五、当然在现代生活中，一样有很多性生活不和谐的夫妻忍着忍着，这一辈子也过去了；但鉴于你的情况，我不认为你能忍受多久，事情越拖，只会越糟糕，所以望尽早决断。

六、不能帮你做任何选择，但希望你能对自己的选择负责。还有一个要提醒你的是，那个小男生能否就一定给你想要的爱情呢？你丈夫在和你磨合沟通后是不是就一定不能给你性方面上的满足呢？望深思，祝好。

“饮食男女，人之大欲存焉。”孔子早在几千年前，就留下了这般名言。

王小波甚至如此直言不讳道：“吃饭喝水性交和发呆，都属天赋人权的范畴。假如人犯了错误，可以用别的方法来惩办，却不能令他不发呆。如不其然，会引起火灾。”

所以，虽然古代一般都是指腹为婚，结为连理的两个人不一定就有多少爱情的成分在里面，但在古代绝大多数的朝代，以及放眼世界，在那个男权世界里，妓女是合法存在的，甚至直接是持证上岗。

在不少被禁的古籍里，也有古代女性寻找“牛郎”，也就是男妓的记载，以此来获得性方面的释放和满足。

我如此举例，并不是在鼓吹嫖妓合法化，而只是想说，性这个东西是堵不住的，它与生俱来，生生不息，越堵，问题只会越多。

我们要做的，是疏导以及树立健康的性观念。

自有人类这个物种存在以来，无数的历史就赤裸裸地告诉了我们，违反人的天性，羞于谈性，或者对性一直抱有逃避的心理，往往导致爱情或婚姻的悲剧。

所以回到这个问题上来——

性生活不和谐的爱情或婚姻能继续走下去吗？

当然可以，也当然不可以。

美国著名的社会学家弗洛姆曾这么说道：认为性爱关系一旦出现差错就应该分道扬镳、各奔东西的思想，和认为性爱关系在任何情况下都不应该破裂的思想一样，都是错误的。

所以，当双方性生活不和谐时，应辩证去看待——

一、如果不是男方或女方本身有性方面的缺陷（甚至有缺陷，在现代医术或者其他情趣玩具的辅导下，双方都能达到性的满足），而彼此又还存有爱情，那为什么要那么快就放弃了彼此呢？

二、可如果性生活不和谐，感情也已破裂，建议还是好聚好散，留彼此一个脸面。要知道，在当今一夫一妻制的社会体制下，尽力保持忠贞是必要且合理的。而不是还处在一段爱情/婚姻关系中时，就选择出轨来获得性方面的满足。当你自由了，你的身体是选择用其他任何不伤害他人的方式来获取性满足，都是你自己的事情了。

之前有不少读者问我类似下面的问题。

“小安，我和他在一起两年了，挺确定自己是喜欢他的，但我们还没那个过，你觉得我们结婚前应不应该先试着同居啊？”

一般读者问了这个问题，我都会毫不犹豫地建议：“如果你确定自己是爱他的，当然可以试试啊，但一定要注意采取安全措施，以及注意彼此的个人卫生。”

其实我还有一些话没有说出口，那就是：“所有幸福和长久的婚姻，在性方面都一定是和谐的（即使一开始不和谐，在经过双方努力后也能达到和谐），所以与其在结婚后才发现彼此在这方面不可调和（或者发现对方根本就存在性障碍），不如在确保自己安全的情况下，享受这天经地义的鱼水之欢。男女之间真正的爱情，不是单靠肉体或者精神就能实现的，只有在彼此的精神和肉体相互融合的状态中才能实现。”

很多人后来婚姻悲剧的根源，就在于一开始对于性的羞涩以及回避。

所以，如果你继续问我，性不和谐的爱情或婚姻能走下去吗？

我的回答依然是——

当然可以，也当然不可以。

如果彼此依然相爱，

那么你们可以沟通磨合。

可如果不仅性生活不和谐，

还早已没了爱，

那是无论如何也走不下去的。

即使万般忍耐，

那也只是形同虚设的婚姻外壳罢了。

如果彼此依然相爱，那么你们可以沟通磨合。可如果不仅性生活不和谐，还早已没了爱，那是无论如何也走不下去的。即使万般忍耐，那也只是形同虚设的婚姻外壳罢了。

共勉。

一直不肯为你花钱的人，一定不爱你

相信平安夜、圣诞节、狂欢夜这几天，大家的朋友圈一定被各种礼物、各种男朋友女朋友刷屏了吧。

虽然秀恩爱总会让某一部分人觉得做作、显摆，但如果你的男 / 女朋友和你在一起整整四年，却连个棒棒糖都没送过你，那么你能忍受吗？

最近我就收到一位读者这样的一则留言，不知道你们看了会做何感想——

“四年了我没花过他一分钱。因为我怕哪天分手了我会觉得我欠他的，心里过不去。每次他过生日我都会准备得特别充分，买蛋糕买礼物，我还怕我买的礼物他不喜欢，要提前两个月就开始准备，想着要给他买什么。每次过生日我都要在当天 00:00 跟他说生日快乐，还要说一大堆话。可是我过生日呢，什么时候睡醒了什么时候跟我说生日快乐，没有礼物，没有蛋糕，什么都没有。有时候我就安慰我自己，没事的，只要他爱我就好了，可是，我也是个小姑娘啊，我也想要玫瑰蛋糕跟礼物。可是什么都没有，每次看见别人抱着一大束花的时候我都特别心酸。深度君觉得这算是爱情吗，算是一个好的爱情吗？”

说实话，我其实也不太看重对方平时到底送不送礼物给我，我自己也没有刻意在节日里一定会送礼物给对方的习惯。

但是如果对方平时都那么用心给我过生日，给我准备各种惊喜、礼物，那么即使我再懒，即使我再怎么觉得礼物不重要，那么我也会花心思好好准备惊喜和礼物给对方。

何况对方是我女/男朋友啊！

一个人，到底是怎样懒惰或者不在乎到什么地步，才会和女朋友在一起整整四年了，还一个礼物都没送过？注意——他女朋友可是在他每个生日都有准备各种浪漫和惊喜哦。

“小安觉得这算是爱情吗，算是一个好的爱情吗？”当她还这么问我时，我再次确认了那句其实我怀疑了好久的话——“在爱情里，人人都可能成为傻子。”

记得我一个特好的哥们儿也遇到过和她类似的问题。只不过，这是一个男生版本罢了。

他和他前女友在一起三年多，每逢节假日我哥们儿都会为她精心准备各种礼物和惊喜，但她却从未给我哥们儿送过任何礼物。真的，哪怕一支男士唇膏、一双男士手套，都没有。但我哥们儿每次都这么安慰自己——她是艺术生，每天练歌练琴都那么累了，而且女生不送男生礼物，很正常啊。直到有一天，我哥们儿居然在去她学校想给她一个惊喜时，发现她像个小女人般，手里拿着礼物往一个男生身上塞。

在那一刹那，他才明白，原来不管是男生还是女生，当真正遇到爱情，遇到自己心仪的那个 TA 时，都会忍不住想给 TA 买礼物的，想对 TA 好的。在那之后，我哥们儿沉沦了好一段时间，最近才慢慢开始走出那段付出了三年多的感情。

我一位大学老师曾说过这么一句话，深以为然——

“某种意义上，讲究生活情趣就是懂得制造仪式感。仪式感对于生活最重大的意义就在于，它能唤醒我们对内心的尊重，从而去尊重生活。”

有人觉得两个人既然都在一起了，那么送礼物显得多生分啊。错。正因为你爱他 / 她了，你才会愿意为他 / 她去付出，才会愿意费心劳神为对方挑礼物制造浪漫啊。而也正因为你们已经在一起了，在往后的漫长岁月里，才更需要为彼此偶尔去制造一些浪漫和惊喜。

浪漫的爱情，长久的感情，一定都是彼此互相努力一起经营的结果。

所以，如果一个人和你在一起整整四年，无论男女，你总给 TA 送各种礼物和制造各种惊喜，而 TA 却没有一点表示，还总以各种理由解释其不送礼物的合理性，那么99.99%，他/她都不可能爱你，剩下的0.01%，我愿意相信他/她就是个智障。别无其他。

而且说不定，你的男/女朋友，正忙着给别人挑礼物呢。

一个人爱不爱你，其实很明显

“我已经相信有些人我永远不必等，所以我明白在灯火阑珊处为什么会哭。”

这是林夕给 Eason 的《K 歌之王》歌词里写的一句话。

虽然我微博粉丝寥寥，但总能收到一些读者掏心掏肺的私信，比如下面这一则：

“我和她一起两年多了，我很爱很爱她，恨不得把自己的心都掏给她看。但总感觉她对我不冷不热的，甚至可以说是无所谓，可我却一直没有因此而多说什么，因为我怕一说，我们就散了，再也回不去了。去年春节我们分手过一次，但我坐了两天两夜的火车，又转了几趟客车，赶到她的家乡，那时候可能她很感动吧，我们就又在一起了。我想和她拥有一段你说的势均力敌的恋爱，但似乎这么久，几乎都是我一个人在付出，而她是无所谓的态度。

“我自己也知道，我付出再多，她不喜欢的话，那也毫无用处。我可能应该放弃这段感情了，但就是放不下。你说，这样的我就是犯贱吗？很少男人会活得像我这么窝囊吧。”

其实有很多人和他一样。

明明早已感觉到对方根本不爱自己了，却依然不肯选择放手，却依然心存那么一丝侥幸。

你继续默默地付出，直到心力交瘁，但你也依然咬着牙、坚持着。

你坚持着希望自己的真心终能换来对方的真心；

你坚持着一路来默默的付出终能结出好的果实。

可爱情，它终究不是学习，不是工作。爱情里似乎根本就没有“量的积累，到质的飞跃”这样的惊喜。很多时候，你能换来对方的感动，却永无可能获得TA的真心；你也可能再用这份感动换来一份婚姻的契约，却永无可能拥有你所期待的爱情。

前段时间，朋友问我为什么不对我心仪的姑娘穷追不舍了。我自嘲地笑了笑：“还是做朋友吧，不然以后连做朋友都尴尬了。”我不想再多说些什么，但抵不过朋友的再三询问，就只好对他说：“因为我能明显感觉到她对我没感觉啊，她暗示好多次了，我可以没脸没皮，但总不能一直纠缠人家吧，她也有自己的生活啊。”

我一哥们儿，从大学到工作，喜欢了一姑娘四年多。在姑娘多次拒绝后，他依然对其死缠烂打。最近，他在她的生日PARTY上表白了。策划得很有惊喜，很浪漫。当时我们一众朋友都在起哄姑娘赶紧点头答应。可她还是拒绝了。

更让我朋友伤心的是，生日聚会过后，那个姑娘在朋友圈上传了几张生日会上拍的照片，配文："谢谢所有可爱的朋友，很开心，都说爱笑的姑娘最让人喜欢，可为什么我就是没人喜欢呢，我以后要多点多愁善感了。"很显然，姑娘被我哥们儿死缠烂打怕了。只好采用这种极端、不讨人喜的方法再次告诉我朋友："不好意思，我真的不喜欢你，求你放过我吧。"

其实，人最怕的就是，总觉得自己如何如何爱一个人，爱到对方如果不爱 TA 就是不道德，爱到离开 TA 就活不了。但没有谁真正会离不开谁，也没有谁就能一定陪你走到最后。

健康的爱情观应该是这样的：

追求可以，但不能死缠烂打；

深情可以，但不能寻死觅活。

当感觉到对方并不爱你那会儿，你要么及时止损，之后你可以选择自我堕落一阵子，但不能太久；你要么把爱默默珍藏，潜心修炼，万一哪天 TA 又对你有感觉了呢？可不管你做何选择，一旦选择了，就别再自怨自艾。一个人爱不爱你，其实真的很明显。你总能在一些蛛丝马迹里，发现 TA 到底是爱你还是不爱你。

就像徐志摩在《我等候你》里说的那样：

"你明知道，我知道你知道。"

可那也只是"明知道"。

想离开你的这六种人，是拦不住的

1. 故意有意无意地找你的各种碴儿。

这种人等到对自己的男 / 女友没有耐心以后，就会一一翻旧账，说自己的男 / 女友这不好那不好的，然后寻找任何一个可以吵架的机会。

“要破坏一段感情，最刁钻的办法就是：不断故意地找碴儿刁难为难你，逼你先提出分手。”

所以如果曾经几乎不怎么在意你过去的某些小缺点的她 / 他，开始在意甚至拿这些来刁难你时，很可能，她 / 他的心已经不在你身上了。这种情人，在深度君看来，也是最没道德最令人反胃的。

2. 电话信息全不回，冷暴力冷暴力冷暴力。

其实，不管是男人还是女人，都不会天生喜欢冷暴力，也并不深谙冷暴力之道。只是，当他 / 她不再喜欢、不再爱一个女 / 男人时，都会无意中变得无情起来，甚至就连一点点的敷衍和怜悯都不愿意再假装了。

有人说："感觉有些男生分手的前奏就是，各种冷暴力，电话不接，信息不回，像死了一样，直到后来你忍不住提出了分手。不会主动提分手，他擅长怎么逼你提分手。"

其实女生也差不多。

3. 忙忙忙忙忙……永远都在忙。

反正我是搞不明白，一个人到底要有多忙，连一个电话、一条短信都没空回复。

所以请相信，他/她就是不爱你，他/她不是忙，不是疏忽，不是不懂，不是考验，不是暂时遗忘，不是性情孤僻……他只是，不——爱——你！等着你说分手呢。

有句话不是这么说的吗，爱你的人对你永远都有空。就连杰伦满世界开演唱会拍广告都有空带着老婆满世界逛街呢。

所以，你真的只是很忙吗？

4. 着调的谎言多了起来，说谎成了家常便饭。

记得看过两性关系专家米沙拉曾这么说过："频繁说谎都是有目的的。要么是为了躲避什么，要么就是对此段关系已经失去兴趣。"

伴侣的谎言和借口让任何人都很难接受，因此，如果这种情况毫无缘由地出现，就是快到了分道扬镳的时候了。可惜的是，我们普通人能欺骗的大都是爱我们、在乎我们的人。

所以，希望天下的情侣之间能少一点恶意的谎言，多一点坦诚，真不喜欢了，那也尽量好聚好散。

5. 永远在拿自己的隐私说话，连上厕所也要带着手机。

情侣之间当然可以有彼此的隐私，但更应有彼此的秘密共享和信任。

如果他 / 她和你在一起，微信、QQ 信息开始多了起来，而且一直有意无意防备着不让你看到，甚至当你手机没电想用一下他手机都不肯时，那很有可能，他 / 她在养备胎呢。

一位读者的留言曾瞬间戳中了我的泪点，她这么说道 ："我对你这么好，你却总这样不冷不热的，最后那段时间你连手机都不给我碰。可我毫无办法，谁叫一开始主动的人是我？偶尔也会想想，当我终于消失在追逐你的长途里，某个夜里你的手机微微一震，你会不会恍然地以为，还是我给你的温柔？"

6. 对你不再亲热，再提不起"性趣"。

当你的女票不肯 / 不太愿意和你亲密，甚至逛街时连手都不肯给你牵，怕被人发现时，就意味着她的爱已经慢慢熄灭了。

当你的男票不再对你有"性趣"时，就意味着他的爱已经慢慢熄灭了。

或许你想"引诱"他，穿上性感的睡衣，喷上好闻的香水，即使可以一时"得逞"，但也未必就代表他会回心转意。人的身体是最不会说谎的。

如果他 / 她就连你的身体都嫌弃，那么你即使做再多的事情，

图书在版编目（CIP）数据

跟这个世界说悄悄话 / 安如之著. — 北京 : 文化发展出版社有限公司，2017.6
ISBN 978-7-5142-1795-7

Ⅰ. ①跟… Ⅱ. ①安… Ⅲ. ①散文集-中国-当代 Ⅳ. ①I267

中国版本图书馆CIP数据核字（2017）第108119号

跟这个世界说悄悄话
作　　者：安如之

责任编辑：肖润征
产品经理：李　雪
监　　制：白　丁
出版发行：文化发展出版社（北京市翠微路2号）
网　　址：www.wenhuafazhan.com
经　　销：各地新华书店
印　　刷：北京东方宝隆印刷有限公司

开　　本：880mm×1230mm　1/32
字　　数：200千字
印　　张：9.5
版　　次：2017年8月第1版
印　　次：2017年8月第1次印刷
定　　价：39.80元
I S B N：978-7-5142-1795-7

最后也恐怕逃不了分手的魔咒。

我想和你分手，已经想到连“斗图”都不想和你斗的地步。

我想和你分手，就连你脱光了衣服我也不再感兴趣。

我想和你分手，就连你说的每一句话做的每一件事我都可以作为分手的借口。

……

永远记住——

爱你的人，一定会让你感觉到他 / 她对你的在乎。

不爱你的人，你得到最多的只有永无止境的敷衍和冷暴力。